奪愛《アイヲウバウ》

# 奪《だつ》愛《あい》 アイヲウバウ

あさひ木《この》葉《は》
*ILLUSTRATION*：東《とう》野《の》 海《うみ》

# 奪愛 アイヲウバウ

LYNX ROMANCE

CONTENTS

# 奪愛 アイヲウバウ

# 序章

「――だな」

熱の籠《こ》もった囁《ささや》きが、鼓膜を揺する。

今この場に似つかわしくない、優しさを伴って。

でも、その声は届かない。

かすめた吐息が、熱くなった体に火をつけただけだ。

「……あ……っ、はぁ……んっ……」

囲いこまれた腕の中で身じろぎすると、しゃらしゃらと金の鎖が揺れる。

それは、奴隷の証《あかし》。

市に出された『商品』を飾りたてた装飾具が肌をくすぐるたびに、びくんびくんと腰が震えた。

刺激を与えられれば与えられるだけ、薬で浮かされた体は快楽に身悶《みもだ》えする。

「……っと、もっとぉ……」

全身で男に縋《すが》りついてねだるのは、心の上っ面を撫でていくだけの優しい言葉なんかじゃない。

この身を貪《むさぼ》り尽くしてくれるほどの、強烈な快楽だった。

手ひどいくらいでいい。

どれほど欲情しているか、知らしめるかのように。

それなのに、昂《たかぶ》った体を抱きかかえる腕の持ち主は、あくまで優しくしか触れてくれなかった。

その優しさは、今は不要だ。

「……もっと奥まで来いよ……っ」

男の重みを感じながら腰を揺さぶり、肉欲そのものを体内に導き入れようとする。

手探りで探し当てたそれを自らの手で宛《あて》がうような真似《まね》までして、貪婪《どんらん》で浅ましい雌《メス》の本能そのものを手放しに発揮した。

(……熱い……)

手の中で脈打つペニスの猛々しさを、手探りで確かめる。

早くこれを、中に欲しい。

荒々しく、我を忘れたかのように求められたかった。

優しさなどいらない。

欲しいのは、この体に対する欲情だ。

それが、己の『価値』を証明してくれるのだから。
それなのに、手の中のペニスはなかなか動こうとしてくれない。
入り口をくすぐるように掠めるだけで、熟れた肉欲を満たしてもらえない。
もどかしくて、腰を振ってしまう。
飢えきった虚《うろ》は、男を欲しがって焦れている。
肉襞はひくついて、懊悩を誘《いざな》う。
慎重に、孔《あな》のほぐれ具合を探る指先の冷静さに、つい苛立《いらだ》ちが爆発してしまった。
「……が、欲しくないのかよ……っ」
訴えかけるように、つい不満が漏れる。
「俺……っ」
みんな、この体を欲しがった。
抱いて、対価を与えてくれた。
今まで、一人の例外だっていなかったのに——!
「なんで……だよ……」
こんな男は他にいなかった。
みんなこの体に夢中になってきたのに。

この体を利用して、のし上がってきた。
己の価値を否定されたような気がして、不安がふくれあがっていく。
弱気を隠してにらみ付けると、黒い眼差《まなざ》しがそっと和らげられた。
「おまえは、魅力的だ」
甘く低い声が、囁きかけてくる。
子供を宥《なだ》めるような扱いに、より一層焦《じ》れてしまう。
口先だけで甘やかされても嬉しくない。
それよりも、隠すこともごまかすこともできない欲望で、思い知らせてほしいのだ。
体は正直だ。
それ以外のものを、信用なんてできない。
言葉は儚い。
心はつかみ所がない。
だから、そんなものはいらない。
己に欲情し、昂ぶりきったペニスが、至高の価値を教えてくれる。
求められる喜びを、教えてくれるのだ。
「……かた…い……っ」

手探りで摑みとった男の欲望は形を変えて、先端から先走りを溢《あふ》れさせていた。

その張り詰めた感触や、熱く濡《ぬ》れそぼっていることに、無意識のうちにほっとしていた。

滾り、弾力のあるそれが、愛おしくてたまらない。

（……かんじて、る……？）

にやりと、口元には笑みが浮かんでしまった。

「……だよ、ほしい……じゃないか」

それが入りたがっている場所に、無我夢中で導く。

男の欲望は、思ったとおり、逆らうことがなかった。

「……っ、あ……はう……っ」

大股を広げ、男の欲望を咥えこむ。

素直なペニスがすっかり膨張していることで、ようやく溜飲が下がった。

「……体は正直……だ……な……？」

ほくそ笑んだ口唇に触れてくるキスは、やたら丁寧だ。

「……んっ、ふ……」

男の陥落を感じとり、体が歓喜する。

欲望を包みこむことで、空虚は埋められた。

「……んっ、は、あ……」

みっちりと、雄の欲望そのものが、体内で存在を誇示している。

淫らに肉襞を絡めるようにそれをねぶり、たっぷりと己に示された欲望の好さに酔いしれる。

「いい顔だ」

男は、低く掠れた声で囁いた。

「そんなに、これが好きか？」

無粋な質問には、「おまえだって好きだろう？」とからかって返してやりたくなる。

これが嫌いな人間が、果たしているのだろうか。

猥雑で、真正直で、純粋な欲望の形。

これは、この体を欲しがっている証なのだ。

「ああ……」

喉を鳴らすように、頷いた。

この体には、たしかな価値がある。

生まれてすぐに親に捨てられたような人間だろうとも、欲しがられている。

求められている充実感は、幸福を与えてくれた。

——だから、セックスなんて必要ないと言われても、理解なんてできるはずもない。

# 第一章

（本当に、退屈な国だ）

水割りのグラスを揺らし、からからと氷の音を立てながら、萱谷礼央《かやたにれお》は溜息《ためいき》をついた。

（基本的に自給自足で成り立っているから、輸出で外貨稼ぎに必死になるほどがっついていない。そして、他国の豊かさを輸入することにも、それほど熱心じゃない……。

ああ、やだやだ。もっと貪欲になってくれないと、俺の出番なくないか？）

ちっと、舌打ちが自然に漏《も》れた。

（だからこそ、こんなところに飛ばされたんだろうけどさ。何もないけれど、まだ市場開拓されていないから、希望だけはあるってか）

礼央は、グラスを思いっきり煽《あお》る。

（俺は、こんな国で骨を埋《うず》めるために、今まで上を目指してきたわけじゃないのに）

アラブの小国、シャルク王国。

この国に、礼央が異動してきたのは、つい一ヶ月前のことだ。

勤め先である大企業、東和《とうわ》商事内での派閥争いに負けての、不本意な人事の結果だった。

シャルク王国は、この中東地域においては奇跡の国だの楽園だのという二つ名で呼ばれている。国土全体がオアシスと言われるほど水と土壌の豊かな農業国で、輸出入もあまり盛んではなく、閉じた経済圏だ。

礼央にとっては、まったく面白みのないことに。

そのくせ、海に面していることもあって、海運の中継基地でもあり、ヨーロッパの人間にとっての穴場のリゾート地としては名が知れていた。

そのように外国の文化に触れる機会はあるものの、国民の気質なのか、あくせく働いて外国に追いつけ追い越せ……という雰囲気でもない。

エリート商社マンとして、手段を選ばず業績を上げ、出世競争を戦い抜いてきた礼央にとっては、あまりにも物足りない赴任地だ。

なにかめぼしい商取引の材料がひとつでもあるのならば、張り合いもあるというものを。

(本っ当に、体のいい島流しでしかないよな)

苛立ちをぶつけるように、礼央は氷を鳴らした。

(……こんなところで終わってたまるか)

これまで、礼央は東和商事の創業家の御曹司で、執行役員である渋染充己《しぶそめみつみ》の庇護下にいた。

礼央が大学生の頃からの付き合いである彼は、単なる勤め先の役員というわけではなく、パトロンでもあった。

そう、十年来の愛人だ。

礼央がのし上がるために、必要不可欠の関係だった。

ところが、社内でその渋染の庇護が受けられなくなったことから、順風満帆だった礼央の会社員としての人生に、暗雲が立ちこめたのだった。


それは、二ヶ月近く前のこと——。


「これは、伝えておくのが私の誠意だと思ってほしいんだが」

毎週恒例の、金曜日の逢瀬。

食事の後、お決まりのホテルの部屋に入ってから、長年のつきあいである愛人は静かに切り出した。

「我が渋染家は、東和商事の経営から手を引く」

「……どういうことですか」

充己のスーツの上を脱がせてやり、かいがいしく靴紐《くつひも》まで解《と》きかけていた礼央は、いつもどおりの柔和な笑みを浮かべている彼の顔を、まじまじと見つめた。

「言葉通りだよ」

「リタイアにはまだ早いじゃないですか、充己さん」

充己はまだ、四十代になったばかりだ。

礼央と初めて出会った頃と変わらず、彼は若々しい。

日本有数の名家である渋染家の御曹司でありながら、彼はまだ家庭を持っていない。甥姪《おいめい》がいるので、跡取りのスペアには不自由していない。だから、結婚をしなくてもいいだろうと、開き直っている。

のんびりと、享楽にだけ耽《ふけ》って生きていたいという気質だ。

(会社勤めより、『楽しいこと』だけしていたいと言い出しかねない人だというのは知っているが……。それにしても、早すぎる)

充己の腹の底が、焦燥《しょうそう》で焼かれはじめる。

礼央にとって、初めての男は充己ではない。

でも、頼れる身内もなく、中学を卒業した後に生活のために体を売っていた礼央を洗練させたのは、他ならぬ充己だ。

そして、礼央は彼のおかげで、自分の容姿が、快楽が、武器になることを知った。

彼の愛人になったおかげで、礼央の野心は花開いたとも言える。

東和商事に就職できたのも、充己の口利きがあったおかげだ。

そうでなかったら、老舗《しにせ》の大企業など、書類選考の時点ではねられていただろう。

さらに入社後、業績をあげ、出世をするために、多少なりとも強引な手段を使ってきた礼央を庇護してくれたのは、充己だった。

彼がいなければ、今の礼央はいなかったと言っていい。

だからこそ、礼央は充己には敬意を表し、いつでもよき愛人であろうとしてきた。

彼が他に男や女を作っても、必ず礼央のもとに戻ってくるように。そう、打算混じりに都合のいい男を演じてきた。

もちろん、自分の都合だけを主張するつもりはない。

充己にとっての礼央との関係もまた、実りがあるものだと思ってもらえるように、十分に力を注いできたつもりだ。

充己は礼央に、多くを望まなかった。

貞節も、要求してこなかった。

彼が礼央以外の人間と関係を持つように、礼央も必要とあれば充己以外の男と関係を持つこともあったけれども、充己の寵愛はそんなことでは薄れはしなかった。

ふたりの関係は、それでバランスがとれてきた。

（……別れ話を持ち出されたわけじゃない。それなのに、どうして俺はこんなにも、動揺しているんだ？）

嫌な予感がする。

築き上げてきた足場を、崩されてしまうような……。

「会社勤めをやめても、不動産の管理だの団体の名誉職だの、仕事は山ほどあるからね」

「会社勤めに飽きましたか？」

動揺を軽口でごまかすと、充己は礼央の頰を撫でてきた。

「私がいなくなると、困る？」

「そういうわけでは」

「……そうだろう。君はもう、一人前の社会人だ」

充己は、深々と頷いた。

「これは、渋染一族全員の決定だ。祖父にそろそろお迎えが来そうで、その前に東和商事の未来について話し合いがあったんだよ」

「……」

充己の祖父といえば、渋染一族の当主だ。

そして、東和商事の会長でもある。

充己と礼央の関係も、当然知っていよう。だが、個人的に彼が礼央に関わってくることはなかった。

別れろと、言われたことすらない。

「その話し合いの場で、創業家の人間が経営に関わることをやめて、東和商事の役員も全員辞職することが決定された。いつまでも、創業家がのさばっていては、フェアな経営判断は難しいだろうし、外国人投資家にも嫌われ、東和商事の発展を阻害する。

——と、まあ、老いてもますます盛んな祖父が言い出してね」

「その決定は、渋染一族にメリットはあるんですか？」

「倒産されるよりはマシということだ」

充己は、苦笑いする。

「礼央も知っているだろう。うちが命運をかけていたアメリカ大陸でのレアメタルの採掘権利の件が、政情の変化によって、大損を出したことを」

「それは、勿論」

自分の勤め先がやらかして、業界中の笑いものになった出来事だ。

充己としても、社の行く末が気になる事件だった。

「あれだけじゃなくてね……。ここ最近、投資したプロジェクトで回収できない事例が増えていて、今の経営陣は責任を問われている。会長である祖父、社長である父はもちろん、執行役員に居座っている私含む一族も」

「……」

「海外投資家に手を引かれたら、うちの株価はガタ落ち。もちろん、それで会社が倒産するわけじゃないが、なにせ祖父は『みっともない』とね。他の財閥系商事会社から創業家が手を引いているのに、渋染一族だけがしがみついて、会社の評判を落としているなどと言われるのが、我慢ならないんだろう」

充己はかがみ込むと、跪《ひざまず》いていた礼央の顎《あご》を摘《つ》まみあげた。

「だからね、礼央。もう、君の『やんちゃ』を庇ってあげられない」

「……っ」

どくりと、心音が大きく鳴った。

礼央の『やんちゃ』。

それは、がむしゃらに業績を出すために、礼央がとってきた強引な手段だ。中には、先方の担当者への色仕掛けも含まれる。

しっぽを摑ませるようなヘマはしていないが、強引に話をまとめることが多い礼央の手腕は、おっとりとした東和商事の社風とは合わないと批判されることもあった。

だが、強引さから生まれたひずみでトラブルが起これば、いつも充己が礼央を庇ってくれていた。

それゆえに、礼央は思う存分、やりたいようにやれたわけだが……。

「礼央。よく聞きなさい。君の価値は――」

充己が、穏やかに語りかけてくる。

しかし、礼央は彼がなにを言ったのか、理解できなかった。

言葉は聞こえてきたはずなのに、意味がとれなかった。

ただ、自分を支えていた足場が崩れるのだけは直感的に悟った。

(最悪だ)

礼央は決して、強い人間ではない。

強くなくてはならないから、そう振る舞ってはいるけれども、ふとした瞬間に弱さが顔を出す。

そうなってしまうと、無理にでも前に進むために、弱い感情を切り捨てることだけが、礼央のできるすべてだった。

「何回でも言おう。礼央、君は――」

セックスの間中、ずっと囁きかけてきた充己の言葉が、まるで子守歌みたいに聞こえている。鼓膜を優しく撫でるだけ。

礼央の心の中には、決して入ってこない、でもとても心地いい……。

そして、渋染一族が全員、経営の一線から退陣することが発表されてしばらくしてから、充己は見事に辺境地帯に飛ばされたのだった。

(本社のふぬけの連中は、リスクとるのを怖がるからな。そりゃあ、俺は面倒な社員だったんだろうよ。だから、厄介払いされたんだろうな)

礼央は、しかめっ面になる。

(リスクをとるぶん、いい思いさせてやったのに。まあ、俺がいい思いするためだったんだから、要するに俺のためだったってことで……。恩を売るつもりは、ない)

なにも、会社のために身を粉にしたとは言っていない。

他人のために何かする余裕なんて、礼央の人生にはなかった。

だから、儲けさせてやったのにこんな仕打ちをするなんてと、恨むつもりは決してない。

だが、愚痴のひとつくらいは多めに見て欲しいものだ。

たった二ヶ月で、状況は変われば変わるものだ。

(充己さんとの関係も、これで終わりかもしれないな)

礼央の転勤が決まったあと、空港まで見送りにきてくれた充己の顔を、思い出す。

最後まで、なにか言いたいことがあるのに言えないというか……、礼央に伝えたいことがあったのに、という顔をしていた。

(あなたらしくもない)

東和商事の執行役員という肩書きを先日正式に失ったという愛人の顔を、礼央はぼんやりと思い浮かべる。

いや、彼のことは元愛人と呼ぶべきだろうか。

礼央の社内での後ろ盾にはなれなくなったと打ち明けられたあの夜以来、結局、礼央は充己と寝ていない。

連絡も、特にはなかった。

会社の体制が変わる転機で、さすがの充己も愛人とのんびりデートをしている場合ではなくなったのだろうと、気にも留めなかった。

おまけに、二週間後には礼央自身に転勤の内示が出たために、メールがきてもまともにリターンを返せる状態ではなくなった。

そして、それっきりだ。

これで終わる関係なら、それまでということだろうか。

(充己さんはどれだけ他に恋人作っても、最後には絶対に俺のところに戻る人だったけれど、俺から積極的に関係を続けようとしなければ、終わる程度の関係ってことだったのかな)

決して、充己と恋愛をしていたわけじゃない。

ギブアンドテイクだ。

割り切ったつきあいだと思っていたのに、転勤の件も重なったせいか、礼央はひどく脱力してしまっていた。

充己は礼央に、惨めにならない取引をしてくれる人だった。

恋ではなくても、情はあった。

礼央が充己に対しての気持ちを整理できないのは、そのためなのだろうか……。

転勤という名前の島流しを食らって、ここで終わってなるものかと思っている反面、自棄《やけ》になりかけている自分にも気がつく。

(俺は馬鹿だ)

礼央は、大きく溜息をついた。

島流しとはいえ、仕事は仕事。

頭を切り換えて、こののどかすぎて刺激のない国で、どうにか業績をあげなければ……。

そう、理性ではわかっているのだが、体が上手く動いてくれない。

泳ぎ方を忘れてしまった魚みたいに、このまま水底に沈んでいってしまいそうな気分だった。

(感傷的になるのって、重いな)

礼央は、小さく息をついた。

気持ちだけじゃなくて、体まで重くなっていく。

まったく、ろくでもない。

ここで、腐るわけにはいかないのだ。

これから、東京の本社に返り咲くために、このシャルク王国で大きな業績をあげればいい。

礼央は有用で、決して無視できる人材ではないのだと、本社の頭のカタいお偉方に思い知らせてやろうじゃないか。

礼央は、あくまで前向きに考える。

その方が、ずっと気分がいい。

充己に出会ってからというもの、礼央には強力な後ろ盾がずっとあった。

でも、それは幸運が長続きしただけ。

その前は、礼央はひとりだった。

誰にも頼れない身の上だった。

あの頃を思えば、決して全部をなくしたわけじゃないのだ。

そう言い聞かせながら、礼央は気持ちを奮い立たせようとする。

ちょっとしたことで、埒もない繰り言をこぼしかける。

嫌気も差している。

それでも礼央は自分を叱咤《しった》激励しつつ、どうにかこのシャルク王国での日々に意義を見つけだそうとしていた。

たとえば、今いる地下クラブ—系背。

ここに入りこめたのも、一応は日々の成果なのだ。

(問題は、ここからだけどな)

礼央は、ぐるりと辺りを見回した。

このクラブは、シャルク王国を訪れた外国人向けのクラブということになっている。だが、接待などと称して、シャルク王国の上流階級が出入りすることもわかっていた。

一ヶ月かかって、この程度の情報収集しかできなかった自分に苛立ちを覚える。

しかし、まったく情報ルートもなにも存在しない国で、どうにか上流階級の人間と『個人的に』接触できる場所に目星をつけられただけでもよかったと、自分を慰めるしかない。

新しい商売のタネを見つけるためには、情報がまず必要なのだから。

(一日めから、美味しい話にありつけるとは思わないほうがいい)

礼央は、自分に言い聞かせる。

(焦《あせ》るな。今、俺にできることは、少しでも上玉を引っかけられるよう待つことくらいなんだからさ)

不幸中の幸いと言うべきか、この国には礼央のやり方にストップをかける人間は、誰もいない。好きなように振る舞える。

そう、本社で疎《うと》まれたような手も使えるということだ。

このクラブの存在を知られたのも、領事館――こんな辺鄙《へんぴ》な国なので日本の大使館もない――の駐在官と懇《ねんご》ろになって、上流階級が遊んでいる場所を教えてもらえたおかげだった。

(この国は、同性愛にオープンではないみたいだからな。誰かを引っかけるにしても、慎重にしないといけないが……)

礼央は油断なく、客の様子を窺う。

(どうやらここは、外国人向けという建前があるせいか、そっちの方面にも開放的らしい。俺にとっては都合のいい店といえば、そうか)

ひとりで飲んでいる充己に秋波を送る男が、何人もいる。

声もかけられたが、誰も彼もがぴんと来ない。

かつて、新宿《しんじゅく》の二丁目で、礼央は大物食いだと言われていた。

最終的に食ったのが、充己だった。

今回は、充己以上の大物が欲しいところだが——。


「さっきから、周りを気にしているみたいだけど、誰かと待ち合わせ?」


不意に声をかけられて、礼央はちらりと視線だけを声の方へと寄越した。

そこにいたのは、この国では珍しい金に近い茶色の髪と、緑の瞳《ひとみ》の持ち主だった。

肌は日に焼けて浅黒く、ヨーロッパ系の容姿と相まって、エキゾチックな風貌《ふうぼう》だった。

洗練された雰囲気の美丈夫は、身につけているものも質がよさそうだ。時計が、この国の人間には珍しいスイス製の高級品だということにも、礼央は気付いた。

(……ふうん)

礼央は内心、ほくそ笑んでいた。

この国の上流階級に多いタイプの容姿だ。

東西交流が盛んだった時代に、ヨーロッパ系の奴隷妻をハレムに入れるのが、上流階級のステータスだった名残りだという。

(まあ、見た目だけじゃわからないけどな。味見をしてみる価値はある)

礼央は澄ました顔で、男に流し目を送る。

「人待ち顔に見えましたか?」

「あれ、ハズレ?」

男は軽い調子で、礼央の隣のスツールに腰を下ろした。

砕けてはいるが、彼はイギリス英語を使うようだ。

(よしよし)

礼央は男をしっかり値踏みする。

どうやら彼は、ヨーロッパに留学歴があるらしい。

この中近東での、王族や富裕層にはありがちなことに。

「この国には一ヶ月前に来たばかりで、待ち合わせをするような相手もいないんですよ」

礼央もクセのない英語で返事をする。

充己というパトロンがいたおかげで、礼央は生活の心配をすることはなく、大学時代に思う存分自分磨きとやらができた。

モラトリアムな時期とはいえ、自分探しなんていう、腹の足しにもならないようなことをしていたわけじゃない。

基礎的な語学やマナーを、思う存分学ぶことができたおかげで、礼央は金では買えない財産を手にいれることができたのだ。

……二丁目で、生活のために相手構わず体を売るような生活をしていては、とても手にいれることができなかったであろう財産。

(だから、あなたに感謝しているというのは本当なんですよ。充己さん)

もう庇うことができないと言われようとも、感謝の念は消えたりしない。

(もう少し俺が社内の足場を固めるまで、できれば現役でいてほしかったが……。過ぎたことを言っても、仕方がないしな)

もはや、充己には何も望まない。

最後の最後まで、礼央のことを気に掛けていてくれた優しい男。

彼は、体を与えた以上のものを、礼央にもたらしてくれた。

そして、これから先は、彼なしでやっていかなくてはいけないことも、礼央はよくわかっている。

未練はない。

（これからのことを、考えていかないとな）

目の前の男からは、充己と同じような鷹揚さを感じた。

恵まれた育ちをした人間特有の人のよさというか……。

充己と似たタイプに見えるからといって、ガードを緩めていいわけじゃない。

それは頭でわかっていても、礼央も感傷的になっていた。

（いつまでも充己さんのことを引きずっていては、女々しすぎて、情けないぞ。……未練じゃない、最初の成功体験を追ってしまってるあたりがさ）

礼央は、小さく頭を横に振る。

我ながら、物憂《ものう》げな表情になっているかもしれない
隣の男の視線を意識しつつ、礼央は自覚していた。

胸で疼く感傷は、未来への踏み台にすべきものだ。

それでこそ、礼央らしい。

（異国に飛ばされようが、愛人と別れようが、俺らしい生き様を見せてやるよ）

礼央は気を取り直し、自分に引っかかってきた男へと、控えめな笑顔を見せる。

「このクラブには、外国人も多いと聞きましたが……。あなたは、この国の方みたいですよね」

「ああ。俺の名前はアッパース」

「アッパース……」

礼央は彼の名前を、正確な発音で鸚鵡《おうむ》返しにする。

ちょうど、礼央と出会った頃の充己くらいの年齢だろうか。

屈託ない笑顔や、いかにもな毛並みのよさは、実に礼央好みだ。

「俺の名前は礼央です」

「礼央？　ライオン《レオ》か。強く、美しい者の名前だ」

「ありがとうございます。……強いと言われるのは嬉しいな」

礼央は、はにかむように笑ってみせた。

思わせぶりな流し目を添えると、相手の視線をキャッチできる。

アッパースは、少し身を乗り出すように顔を近づけてきた。

「美しいと言われるよりも？」

「勿論。男ですからね。強くありたいじゃないですか」

ひとりで生きていけるように。

底辺を這いずり、泣くのではなくて、そこを見下ろせる位置へと。

(眺めがいい場所に、誰だって辿り着きたいじゃないか)

幸運なことに礼央には、それだけのチャンスが与えられた。

充己が、与えてくれたのだ。

したたかに上を目指しつづけることを、やめるつもりはない。

もとから何もなかった礼央だが、獲得したものを手放すつもりはまったくない。

――そう、たとえば今も。

「いいな。その気の強さが、きっと君の美しさに凛《りん》とした力強さを与えているんだ」

アッバースは、慣れた手つきで礼央の頰に触れてくる。

大きな手のひらは、あたたかい。

触れられることの心地よさに、礼央は目を細めた。

「そうでしょうか」

礼央はわざと、アッバースの触れてきた側へと顔を傾けてみせた。

「あなたは、よくこのお店に来るんですか?」

アッバースは、小さく口の端を上げた。

「……俺に、興味がある?」

距離を詰め、声を潜めるようにアッバースは問いかけてきた。

顔を笑っているけれども、眼差しはハンターのそれだ。

礼央を、獲物と認識した男たちの眼差し。

そして、その気になった礼央を、『そういう目』で見なかった男なんて存在しない。

「一曲、踊らないか？　もっと、君に近づきたい」

アッバースは立ち上がると、礼央に手を差し伸べてくる。

男同士で、体を思いっきり近づけて、フロアの真ん中でお互いに先が見え見えの駆け引きでも楽しみたいというのだろうか。

思ったとおり、遊び慣れている。

（かかったか）

礼央は顔だけで世の中渡っていける。

驕っているわけじゃない。

そう、実感しているだけだった。

口唇くらい、触れさせてやってもいい。

そして、さらに礼央を欲しがればいいのだ。

巣を張った蜘蛛《くも》のように、礼央はアッバースを待ち構えていると——。

「アッバース、趣味が悪いな」


無粋すぎる男の声が、甘い駆け引きの間に割って入ってきた。

「……いいところに、水を浴びせかけてくるなよ、カーディル」

礼央に触れようとした瞬間、アッバースは小さく口の端を上げる。

そして、ちらりと声の方を一瞥《いちべつ》した。

礼央もつられて、声のほうを見遣る。

そこにいたのは、ひとりの男だった。

まだ若そうだが、なぜか威圧感が強い。

アッバースは、にやりと笑ってみせた。

「罠《わな》を張られているとわかっていても、飛び込んでいくのが男というものだろう？」

「大事な時期だ。軽率な真似はよせ」

「目くじら立てるなよ。俺は、人生を楽しみたいんだ」

「アッバース」

「……はいはい」

アッバースは小さく肩を竦《すく》めると、礼央から心持ち体を離した。

カーディルと呼ばれた男は、無言で、深く頷いてみせる。

そうするのが当然だと、言わんばかりに。

「……っ」

礼央は内心、舌打ちをしていた。

下心を見抜いた上で、アッバースはそれを利用する程度にはふてぶてしい性格のようだ。

それはいい。

むしろ、そういう男の方が、礼央好みだ。

問題は、あらたに姿を現した男だった。

(俺にはまったく興味もなし、か。いいや、『軽蔑《けいべつ》してる』まであるかな。それならそれで、気を惹《ひ》きやすいわけだが……)

暗い店内にあって、はっとするほど存在感のある男を、値踏みするように礼央は見つめる。

浅黒い肌に彫りの深い整った面差しの持ち主は、強い目をしていた。

への字に下げられた口の端にも、強情さが滲《にじ》んでいる。

正直に言ってしまえば、印象はよくない。

アッバースと礼央の間に漂う雰囲気をぶちこわすように声をかけてきたあたり、恋の駆け引きだの火遊びの楽しさだのも知らなさそうだ。

（シンプルな服だが、仕立てはいい。アッバースみたいな派手さはないが……）

初対面での印象を、礼央はあまり外したことがない。

自分自身を切り売りしながら、暮らしていた時期がある。あの時の経験は、礼央の対人関係についての嗅覚《きゅうかく》を鋭くしていた。

初対面で、いい男だと思った男が外れたことはない。

逆に、危険だと思った男は、たいてい礼央をろくでもない目に遭わせてくれた。

そして、礼央に対して嫌悪感や憐憫《れんびん》などの負の感情を露《あら》わにした男は、いざ礼央に堕《お》ちた途端、泥沼に全身まで浸かったかのようにハマりこむ。

……新たに現れた男は、どのタイプでもない。

かと言って、無味無臭でもなかった。

手強そうだというのが、正直な感想だった。

今まで、どの男に対しても感じたことはない……。

（このカーディルという男のほうが、アッバースより地位が上に見える。すごいな、今日は大漁じゃ

ないか)

しかし、出会いを手放しでは喜べない。

カーディルは、心の底から礼央には興味がなさそうだった。

表向きは同性愛者を禁じられているこの国の、こんなクラブに入りこむくせに。

礼央は好みではないというのだろうか。

(……この俺の顔を見てなにも感じないなんて、不感症かよ)

礼央は、眉間《みけん》に皺《しわ》を寄せた。

自分の容姿には自信がある。

老若男女問わず、心を奪うことができるはずなのだ。自意識過剰と批判されたって、笑い飛ばすことができるのは、これまでの実績という裏付けがあるからだった。

礼央のことを、男娼《だんしょう》だと蔑《さげす》んだり、哀れんだりする輩もいるけれども、彼らのように忌避感が強い相手ほど、礼央に堕ちたときには情熱的になる。

しかし、このカーディルという男には、どう出たらいいのか。

(……しかし、カーディルって名前って、ものすごく聞き覚えがあるんだけど、まさか本人か?)

クラブのフロアは明かりが落とされていて、相手の輪郭ばかりが浮き上がっている。

だから、すぐには気がつかなかったのだが——。

（シャルク王国国王、カーディル三世？　まだ二十代なかばで……。俺より、年下だったか。この箱庭みたいな楽園の若き国王だ）

礼央は、気付いたことを顔には出さない。

ただ、慎重に相手の男を見つめた。

（ということは、アッバースはカーディル三世の異母兄のアッバース王子か。

たしか、男女問題だか、同性に手をつけたかの恋愛スキャンダルで、長らく国外に出されていたはずだ。やり手の社交家だから、どこかの国で大使をやっていたというのを見たな）

思わず、喉を鳴らしてしまう。

（上玉じゃないか）

この相手を、逃してなるものか。

礼央は頭の中で、目まぐるしく算段をつけはじめる。

この国には、今のところビジネスチャンスは見当たらない。

だが、見当たらないなら作ればいい。

そのためには、強い権力の持ち主に近づくことが大事――。

（今日は大当たりだ）

こうなったら、カーディルの態度がこちらに無関心だろうと、不愉快だろうと、食らいつかずにはいられない。

「カーディル」

礼央は、甘い声で彼の名を呼ぶ。

「よかったら、あなたも一緒に踊りませんか」

「あいにく、ダンスは好きじゃない。……ここは外国人の解放区だから言うのも無粋だが、歌や踊りはこの国では特定の種類のものしか好まれないからな」

「解放区か。いい言葉ですね」

冷淡なカーディルの態度で、礼央は怯むようなタマではない。

なおも微笑《ほほえ》みかけ、手を差し伸べつづける。

「せっかくだから、あなたも解放されてはいかがですか。そうはいかない立場だというなら、尚更」

思いっきり含みを持たせるような言葉を使ってやると、カーディルは眉を上げた。

「……ふん、目ざといな」

「自分が赴任した国について、基本的な情報は知っておきたい。ただ、それだけのことです」

「なるほど」

カーディルは、頷いた。

先ほどよりも、無関心な態度が和らいでいる。

カーディルの表情に、礼央は手応えを感じていた。

そう、彼は礼央に興味を持った。

礼央が、カーディルやアッバースの正体に気付いたとほのめかしたことを、カーディルはすぐに理解した。

その上で、ことさら隠すわけでもなく、それとなく肯定してみせたというわけだ。

（俺の顔を見ても、どうでもよさそうだったのに。こんなことに反応してくるとはな。へんな奴）

釈然としない部分はあるが、こんな上物の気を惹くことができたのだから、この際、細かいことを気にしているべきではないだろう。

多少リスクがあろうとも、懐に飛び込んでいくしかないだろう。

「いいね。俺は、頭のいい子は好きだよ」

アッバースは、さりげなく礼央の腰を抱き寄せてきた。

「もっと礼央のことを知りたくなった」

「アッバース」

カーディルが鋭く名前を呼ぶと、アッバースは先ほどと違って、自重するかわりに含み笑いを浮かべてみせた。

「カーディルも、礼央が思ったよりも頭の回転が速くて、物わかりがよさそうだってことは理解しただろう？　じゃあ、いいじゃないか。俺は、彼とお近づきになっておきたい」

アッバースは軽くカーディルにウインクしてみせると、とろけるような笑顔を礼央へと向けてきた。

「このクラブの奥には、もっと親密になれる部屋があるんだ。……どう、一緒に」

礼央はさりげなく、アッバースへと体を寄せた。

「喜んで」

そう言いつつも、礼央はカーディルの出方を窺《うかが》っていた。

取り入るなら、より地位の高い男のほうがいいに決まっている。

しかし、アッバースを袖にするには惜しい。

（充己さんみたいに、お互いにお得な付き合いができそうだしな）

カーディルに関しては、逆に地位が高すぎて、美味しい話もなかなか回ってこないような気もしている。

だが、そういう打算は抜きにしても、カーディルに惹かれるのも確かだ。

礼央の容姿にも、いかにも男慣れした雰囲気にも、一切関心を示さないように見える、この男が――。

アッバース攻略に、どうしてか乗り切れないところもある。

こんな気持ちになるのは、初めてだ。

「じゃあ、一緒に楽しもう」

アッバースは、笑いながら耳打ちをしてくる。

彼の声には既に、欲望が籠もっていた。

礼央がもっともわかりやすい、己の価値を証明してくれる感情。

「――待て」

カーディルは、目を眇める。

アッバースの腕に囚《とら》われたままの礼央を射貫くような視線で睨《にら》みつけながら、彼は言う。

「俺も混ぜろ」

「……はあ？　どういう風の吹き回しだよ」

礼央よりも、アッバースの方が驚いている。

（……三人で『遊ぶ』ことに驚いているわけじゃなさそうだな）

礼央は、アッバースの態度で勘づいた。

（カーディルが、混ざると言ったことに驚いているようだ。つまり、カーディルはもともと、この手の遊びをしないタイプか）

カーディルは口唇を引き結んで、にこりともしない。

礼央のその気を誘うような、甘い言葉を吐くつもりもないようだ。

（いったい何を考えているんだ？）

戸惑う礼央の顎を、カーディルは摘まみあげる。

「俺も、これを気に入った」

まるで怒りとともに吐き捨てるような表情でそう言うと、カーディルは礼央へと噛みつくように口づけてきた。

## 第二章

――慎ましやかな楽園にも、淫靡《いんび》な秘密は隠れている。


「ここは、クラブのＶＩＰが『思う存分』楽しんでいい部屋だ」

アッバースに腰を抱かれたまま、礼央はクラブの奥へと導かれていた。

すれ違う黒服の男たちが、アッバースやカーディルには恭《うやうや》しく一礼している。彼らは、このクラブに入り浸っているのだろうか。

（若いしな。国王とはいえ、羽目を外したいときもあるだろう）

アッバースに身を委《ゆだ》ねつつも、礼央はずっとカーディルのことを気にしていた。

先ほどから、彼は仏頂面のままだ。

いかにも、『遊び』に興味がないと言わんばかりの表情だ。

（……いったい、どうして着いてきたんだ？）

礼央は、首を傾げる。

照れ隠しなどという、可愛《かわい》い理由で渋面を作っているわけでもなさそうだが……。

これから『遊び』を満喫しようとしているアッバースよりも、なぜかカーディルが気になって仕方がない。

露骨に振り向きはしないものの、礼央はカーディルへと意識を集中させてしまっていた。

「……礼央、どうかした？」

アッバースが、そっと耳打ちをしてくる。

「気乗りしない？」

礼央ははっとした。

よりにもよって獲物を前に、興ざめさせるような素振りを見せてはいけない。

「そういうわけじゃありませんよ、王子様」

礼央は、にこやかに微笑んでみせた。

「王子様はやめてくれ。アッバースと」

「では、アッバース」

にいっと、礼央は口唇に笑みを浮かべる。

「楽しみましょう」

「期待している。……俺も、絶対に礼央を満足させてやれるよ」

アッバースは、さらりと礼央の口唇に触れてきた。

慣れたキスの感触に答えるように、礼央も一瞬目を閉じる。

思ったとおり、アッバースは遊び慣れているようだった。

キスをかわす礼央とアッバースに対して、カーディルは舌打ちしたようだ。

彼の苛立ちは痛いほど伝わってきたが、その理由がわからない。

この「わからなさ」がカーディルへの興味につながっているのだろうか……。

礼央はカーディルだけではなく、自分の気持ちを掴みかねていた。


豪奢《ごうしゃ》に飾られた部屋の真ん中には、天蓋《てんがい》付きのベッド。キングサイズの大きさのそれは、ここが何をするための部屋なのか、雄弁に物語っていた。

「すごいな……」

「ここは、この国で唯一と言っていい、歓楽のお城だからな」

アッバースは、民族衣装であるフードを荒っぽく脱ぎ捨てる。

「ロイヤルの称号を許されてる？」

「そう、影ながらね」

礼央の軽口に、アッバースは冗談で答えた。

(ああ、いいな。この人とは相性がよさそうだ)

やはり、彼は人となりが充己とよく似ているのだろう。

最初の印象には、間違いない。

アッバースは礼央の腰を両腕で抱くと、キスを求めてきた。

礼央は躊躇《ためら》わず、自分から進んで彼に口づける。

「もっとも、カーディルは滅多に出入りしないけどな」

「立場上、あなたほど自由に動けないから？」

「俺は、アッバースほど享楽的でも軽薄でもない」

それまで、むっつり黙りこんでいたカーディルが、吐き捨てるように言う。

「……でも、この部屋に来た」

礼央はアッバースに身を任せながら、彼の肩越しにカーディルを挑発する。

「俺と遊んでみたくなったと、うぬぼれてもいいですか？」

じろりと、カーディルは礼央を睨みつける。

「アッバースとおまえをふたりっきりにすると、ろくなことにならない予感がしたからだ」

カーディルの言葉は、予想外だ。

礼央は眉を顰《ひそ》める。

(欲しいと正直に言えなくて、照れ隠しをしてくれているだけだというのなら、可愛げがあると思えたんだけどな。今の口調だと、まるっきり俺を疫病神扱いしていないか？)

礼央は出方に迷うが、とりあえず笑いかけてみた。

困ったときには、こうしておいて悪いことになったことはない。

「……せっかくここまで来たのだから、あなたも遊びましょう」

礼央はカーディルに反論はせずに、さらりと受け流した。

ここで険悪な雰囲気になることで、淫蕩《いんとう》を楽しもうとしているアッバースを興ざめさせては意味がなかった。

カーディルは、不愉快さを隠さない表情で、横を向いてしまう。

(調子狂うな)

どうにも、カーディルという男はやりにくい。

押せば堕ちるタイプではないということは、よくよくわかった。

(……こうなったら、今はアッバースのことだけ考えているのが得策か)

割り切れない気持ちが心のしこりになったまま、礼央はアッバースの首筋に腕を回し、さらに深い口づけをねだった。

「積極的なところも、かわいいよ」

アッバースは笑うと、礼央の求めたとおりのキスを与えてくる。

「……ん…っ」

お互いに、触れるだけのキスなどをするつもりはなかった。

求めていたのは、セックスの前戯《ぜんぎ》としての口づけだ。

「……は…ふ……っ」

礼央は口唇を開いた。

これからアッバースを受け入れるのだと、わかりやすく示すことで、自分の中へと彼を誘いこもうとする。

アッバースは躊躇うことなく、礼央の中に入りこんできた。彼の肉厚の舌は我が物顔に、礼央の口の中の柔らかく熱い肉を舐《な》め回す。

(好い……)

思ったとおり、アッバースはセックスで相手を楽しませることになれている。

こういう相手に抱かれるのは、礼央としても悪い取引ではなかった。たとえ得られるものはなくても、セックスの享楽だけは味わえる。

（ただ苦痛なだけよりは、楽しめるほうがいい）

性欲が強いわけじゃない。

でも、セックスは礼央にとって、強力な武器だ。

のし上がるための、力になってくれた行為だった。

今の地位まで昇りつめたことに満足しているからこそ、礼央はセックスを肯定する。

アッパースと舌を絡めながら、破廉恥《はれんち》な水音を弾けさせる。ぐちゅ、ぬちゅりと、体内から響く音は、欲望を気持ちよく掻き立てていった。

「……うっ、く……ぅ…」

ごくりと、アッパースの唾液を呑み込む。

他人の体液で、喉奥が犯されていく。被虐趣味がそれほど強いわけではないが、混じり合う感覚には興奮させられた。

「……もっと……」

礼央は自ら、積極的にキスを求める。

深いキスを。

情熱的な契りを。

「君は最高だ、礼央」

口唇を浮かせたアッバースは、満足そうにほくそ笑む。そして、濡れた礼央の口唇を舌で舐めたかと思うと、軽く触れる程度のキスをして、熱っぽく囁きかけてきた。

「服を脱いで、ベッドに行こう」

シンプルな誘いが、男の慣れを想像させる。

セックスの楽しみへの、期待値も上がるというものだ。

礼央は、艶めかしい眼差しで、アッバースを一瞥した。

「脱がせたい？　それとも、脱いでみせましょうか」

「どちらも魅力的だ。……でも、俺はナチュラルなのがいいな」

「悪い人だ」

「どうして？」

喉をくすぐるように指先を這わせ、顎を持ち上げて、アッバースは問いかけてきた。

礼央は、小さく肩を竦める。

「わざと煽るような真似は、飽き飽きということなんでしょう？　……それだけ、経験豊富で楽しみを知っている」

「否定はしない」

あっさりと頷いたアッバースに、礼央はつい笑ってしまった。

彼との会話は、心地いい。

（……こういう相手とのセックスは、楽しいんだよな）

会話が弾まない相手は、セックスでも掛け違いが多い。

それが、礼央の持論だ。

言葉など不要とばかりにがっつかれるのは、また別の楽しみがあるのだが。

視線をかわすように笑いあいながら、アッバースと礼央は何度も何度もキスをする。

やがて礼央はシャツのボタンを開けると、自分からそれを床に滑り落とした。

「潔いな。自分から脱ぐのが好きなのか」

「自分から脱ぎたくなるような相手としか、寝ない主義です」

裸を隠すことはなく、礼央はさらりと答える。

アッバースは視線で礼央の体を楽しみながら、小さく頷いた。

「実にいいね」

礼央は、合格をもらえたらしい。

（遊び慣れているし、自分の地位目当てに近づいてくる連中にも慣れっこ、か。こういう手合いは、純粋に楽しませたほうがいい）

艶《つや》めくような駆け引きも、そして勿論セックスも。

どちらにも、礼央は自信がある。

躊躇いなく裸になった礼央は、そのまま自分でベッドに上がる。

「来てください、アッバース」

媚《こ》びるというよりも楽しげに、礼央は男を誘った。

……突き刺すようなカーディルの視線が気に入らなかったといえば、嘘《うそ》になる。

だが、その視線を断ち切って、礼央はベッドの天蓋の幕を下ろした。


相手が礼央に快楽を与えたいと考えているなら、素直にセックスを楽しんでやるのが「サービス」というものだ。

「……あっ、いい……！」

ベッドの上にあぐらをかいたアッバースの上にまたがり、彼のペニスを受け入れながら、礼央は大きく喘《あえ》ぐ。

「……すご、い……」

太くて、雁《かり》の部分がかさ高なアッバースのペニスは、礼央に極上の快楽をもたらしてくれる。

礼央の孔《あな》はアッバースの手によって、快感の中で女性器に変えられていた。

よい薫《かお》りのするローションをたっぷり注がれて、アッバースの指で時間をかけてほぐされたそこは、女のように濡れそぼち、開いて、縁をひくつかせていた。

そこに、アッバースを咥えこんでいく。

「そんなに、イイ？」

「……ん……っ」

口唇を嚙むようにしながら、礼央は思わず息を漏らす。

「こんな、おおきい……熱いの、クセ……に、なりそ……」

お世辞じゃない。

アッバースが丹念に女にした孔は、ペニスの与える快楽に無邪気に喜んでいた。懐いて、絡みついて、必死でそれを絞りとろうとしている。

「ああ、たっぷり味わってくれ。コレじゃないと、満足できなくなるくらい、好《よ》くなって」

「ああ……っ」

肩口に、キスをされる。

甲高い声を上げたのは、別にサービスではなかった。

体の相性がいいというか、アッバースのやり方がしっくり馴染《なじ》むというか……。

(こんなところまで充己さんに似ているなんて、あまり考えたくもないんだが)

愛人に未練たっぷりみたいで、みっともない。

単に、つきあいが長かった男に似ているせいで、体もいい具合に喜んでいるだけだ。

礼央は、自分にそう言い聞かせる。

湿っぽいのは、好きじゃない。

「……おく……クる……っ」

「ああ、根元まで入った。だが――」

「ああ、ああ……っ！」

「もっと奥まで、イけたじゃないか」

アッバースは後ろから、礼央の足を開くように太股《ふともも》を押さえてかかった。

天蓋から幕が下ろされ、誰に見られているわけでもない。

だが、秘部をさらけだすというのは、それだけで羞恥《しゅうち》を煽る行為だ。そして、その羞恥は丹念に快楽の火で炙《あぶ》られた体に、さらなる愉悦をもたらすのだ。

「……っ、はま……る……っ」

ここまで奥深く入りこまれたのは、初めてかもしれない。

不安定の姿勢なまま、礼央は喘ぐ。

呼吸をするだけでも、全身に震えるような快楽が走った。

礼央のイイ場所にまで、アッバースの快楽の切っ先は入りこんだかのようだった。

「イイぞ……、このまま、もっと締め付けてくれよ」

「む、無理……ぃ…っ」

「できるって。……ああ、そうだ」

にやりと、アッバースは笑う。

「カーディル、おまえも来いよ」

彼は不意に、異母弟の名を呼んだ。

「いつまで、ひとり蚊帳《かや》の外を決めこんでいるつもりだ？　なあ、礼央に興味があるから、こんな場所までのこのこついてきたんじゃないのか？」

「……あ…っ」

腰を揺さぶるようにアッバースが動くので、思わず礼央は喘ぎ声を漏らしてしまう。

がさりと、ベッドを隠す帳の外で、カーディルが動く気配がした。

「……悪趣味め」

カーディルは、小さく舌打ちをする。

「わかっていたくせに」

「ふん」

カーディルは仏頂面のまま、帳の内側に入りこんでくる。

アッバースに貫かれた状態で膝に抱えあげられている姿を見られてしまい、さすがに礼央はかっと赤くなる。

恥じらうように身じろぎした瞬間、食い締めていたアッバースを締め付けてしまった。

「いいね」

アッバースは舌なめずりすると、カーディルの耳たぶに噛みつき、淫らな誘いを持ちかける。

「なあ、礼央。俺を気持ちよくしてくれたみたいに、カーディルも気持ちよくしてやってくれよ」

「……っ」

「礼央も、今よりうんと気持ちよくなれるはずだ。カーディルも、魅力的だと思っているんだろう?」

「……っ」

思わず、礼央は息を呑《の》む。

どういうわけか、動揺していた。

鼓動が早い。

緊張しているのか?

まさか、男と寝ることも、ただれた遊びも、慣れきっているというのに。

カーディルの視線を意識するだけで、体が燃え上がるようだった。

これから、二人がかりで快楽を与えられ、欲望を満たされる期待に、体が反応しているのだろうか。

それとも——。

「カーディル」

まるで壊れ物みたいにそっと、礼央はその名を舌の上に載せる。

緊張していた。

カーディルが、ちっとも礼央に関心を示していないように見えるからだろうか。

「カーディル、きてください」

誘うように口唇を開いて、礼央は甘い吐息をこぼした。

「淫乱」

吐き捨てるように、カーディルは言う。

だが、彼はベッドへと、礼央のもとへと近づいてきた。

礼央は、にっと口の端を上げる。

「そう。だから、あなたを楽しませられる」

ベッドの上に乗り上げて膝立ちになり、カーディルは礼央を見下ろした。そんな彼を仰ぐだけで、礼央の心臓は先ほどよりも激しい鼓動を刻みはじめた。

（……なんだ、これは……）

カーディルに反応する体に、礼央は戸惑《とまど》う。

快楽を与えられたわけじゃない。

触れても、触れられてもいない。

ただ彼が近づいてきた。

これから、礼央とセックスしようとしている。

それだけのことなのに、なぜこんなにも礼央は、動揺してしまっているのだろうか。

「礼央、俺のことも忘れるなよ」

「ああっ！」

睨みつけてくるカーディルと見つめあった状態で、礼央は下からアッバースに衝《つ》き上げられてしまう。

「……忘れられるわけ、ないでしょう……？」

じんじんと、アッバースのペニスを咥えこんだ後孔が痺《しび》れていた。

圧倒的な質量で、礼央を翻弄《ほんろう》するペニス。

アッバースは興奮していた。

そして、礼央もまた今までになく心も体も昂って、どうしようもなくなっている。

「でも、俺は貪欲なんです」

ちらりとアッパースを一瞥してから、礼央はあらためてカーディルを見上げた。

「カーディル……」

その名を呼びながら、礼央はカーディルの太股に腕を巻き付ける。

そして、すりっと内股に頬を寄せた。

「……そのまま、じっとしていて」

礼央はカーディルの服の裾をたくし上げる、彼の股間に顔を寄せていく。

飢えた雌犬よりも浅ましく、恥知らずに、礼央は一途にカーディルのペニスを求めた。

カーディルは動かない。

「これ……、俺に味わわせてください」

礼央は、カーディルのペニスに頬擦りした。

そこは、どれほど禁欲を装っている男だろうとも、本音を隠すことができない場所だった。

礼央を淫売と罵《ののし》った過去の男たちは皆、結局のところ礼央でペニスを勃起《ぼっき》させ、犯すことを選んできた。

でも、カーディルはまだ冷静だ。

アッバースと礼央が結合した部分まで目にしたのにも関わらず、これっぽっちも熱くなっていない。

「……っ」

セックスの最中の、破廉恥でみっともない自分の姿態が、男を興奮させることを、礼央は経験として知っていた。

しかし、カーディルには、今まで礼央の中で常識だったものを、すべて覆されていってしまう。

礼央は黙って、服の上からカーディルのペニスに頬擦りする。

(……どうしてくれよう)

こうなったら、意地でもカーディルを興奮させてやりたくなる。

礼央の与える快楽に、跪かせてやりたい。

礼央はカーディルのズボンを下着こと引きずり落とすと、躊躇うことなく彼のペニスにむしゃぶりついた。

「……んっ、ふ……ぐ……っ」

柔らかなペニスを両手のひらでさすりながら、口唇を丸めるように歯を覆い、飲み込めるところまで飲み込んでしまう。

そして、先端を上あごに押しつけるように擦りつけながら、舌でペニスの下側をぺろぺろと舐めてやる。

自分の体のありとあらゆる部分を使ってもいい。どうにかして、このカーディルという男を興奮させたい。

彼は礼央で興奮したのだという、確かな手応えが、評価が欲しかった。

「……あふ……っ、ぐ……っ」

「キスするより、ペニス舐めるのが好き？」

「ん……っ、ぐぅ…!?」

茶化すように囁いたアッバースは、礼央の胸元に手のひらを這わせた。

そして、平らな胸にある小さな突起を、同時に親指と人差し指で摘まみ、繰り出すように弄《いじく》りはじめた。

（……そんなところまで、触られたら……っ！）

カーディルのペニスに奉仕しながら、礼央は大きく背をしならせた。

乳首は弱い。

女と違って豊満な胸などはないが、礼央の乳首は形も色もよいと、充己がよく褒めてくれていた。

彼の手で愛撫の痕《あと》を刻まれて、男が弄らずにはいられないように形を変えられた乳首だった。

見た目だけではなく、感度も女のそれ。男の乳首など役立たずなはずなのに、礼央のものは感度がいい性器でしかない。

そこを乱暴に弄られると、熱い快感が体内を巡る。そして、下半身に流れこんでいく。

「あ……っ」

礼央の反り返った性器の先から、透明の雫《しずく》がこぼれ落ちた。

アッバースの口の中で一度射精したというのに、もう漲《みなぎ》ってしまっている。先ほどまでは、もう少しくたびれていたのに。

「カーディルだけじゃなくて、俺の相手もしてくれよ？」

「……んっ……」

礼央は腰を動かす。

ふたり一度に相手をするのは久しぶりだが、経験がないわけじゃない。コツを思い出せば、いい感じで快楽に溺れることはできる。

アッバースは自分が動くよりも、今は礼央を動かしたいらしい。

男ふたりのペニスを相手に、盛っている礼央の姿を見たいのかもしれない。

「……ふっ……、はむ……」

腰を小刻みに揺すりながら、礼央はカーディルのペニスを、あらためて舐めしゃぶる。直接的な刺激を与えれば、さすがに欲望が刺激されるのか、ようやくペニスが温まりはじめた。

アッバースのペニスを意識するように下腹に力をこめながら、カーディルのペニスへと無心で快楽を与える。

ペニスの奴隷になっている自分の浅ましさは、羞恥を煽る。羞恥が快楽のスパイスになることくらい、アッバースもよく知っていた。

(体が、熱い……)

男のペニスを頬張《ほおば》るのは、決して好きなわけじゃない。

ただ、そこが快楽に従順で、礼央を物欲しそうにしていることがわかりやすい場所だから、礼央にとっては意味がある。

「……ふぅ、ん………」

唾液《だえき》と一緒に先走りも啜《すす》りながら、礼央は恍惚《こうこつ》とした表情で目を細めた。

(今、反り返った……。すごく硬くて、いい……)

カーディルの味が、口いっぱい広がる。

美味しいはずがない、生々しいほどの欲望の雫。それを、わざとらしく喉で音を立てるように、礼央は飲み干していく。

「……うっ、ぐぅ……」

アッバースを咥えこんだままの後孔が、奥から窄まっていく。体が、ペニスから欲望を絞りとろうとしていた。

……誰のものでもいい、のだろうか？

（早く……）

焦れるような気持ちは、口に咥えたものに向かっていた。

カーディルのペニス。

これが、早く礼央の口の中で弾け、白濁した欲望を吐き出すところが見たい。喉の奥に飛沫《ひまつ》をかけられて、それをじっくり味わいたかった。

「すごいな……。俺の見込んだ通りだ」

アッバースは、満足そうに呟いた。

「ぎちぎちに締め付けてくる。持っていかれそう……」

「……あうっ」

下から衝き上げられた礼央は、思わず息を漏らす。

アッバースのペニスは猛々しく、力が漲っていた。

「男が、そんなに好き？」

「ん……っ」

カーディルのペニスをねぶりながら、礼央は頷く。

好きだ。

この体が、誰かの欲望に値する。

価値がある。

そう感じられる瞬間が。

礼央の感じやすい肉襞で、ペニスが愉悦する。

たとえば、アッバースのそれのように。

そのことが、礼央自身もまた満足させてくれるのだ。

(どうせ、カーディルも……)

口内で熱くなっているペニスから、礼央は手応えを感じていた。

ところが——。

(こいつ、涼しい顔しやがって)

両手でペニスの根元を支え、上目遣いになりながら、礼央はじろりとカーディルへと視線を投げかけた。

視線が合う。

カーディルは恐ろしいほど冷静な表情で、礼央を見下ろしていた。

ペニスは熱を持っているが、あくまでそれは生理的な反応だと言わんばかり。

礼央の体はカーディルの欲望の対象にならないと、価値はないと、それほどまでに頑《かたく》なに、主張し

たいのだろうか。

（……この俺が、ここまでしてやっているのに）

腹が立つ。

そして、俄然やる気が出てきた。

喉奥までカーディルのペニスを受け入れて、口腔《こうこう》すべてを使って、彼の欲望を煽り立てている。

先端には舌の裏をべったりとくっつけるようにさすり、両手で肉茎《にくけい》に浮く筋を潰すように擦ってやって……。

それなのに、カーディルの表情は変わらない。

（どうなっているんだ）

男に快感を与えることにかけて、礼央は自信を持っていた。

自分は男を興奮させるだけの魅力があるという、礼央に絶対的に備わっていた自信を、なくしてしまいそうだった。

（アッバースは、こんなに気持ちよさそうなのに）

礼央は、腰をぐいっと回す。

肉壁で締め付けることで、アッバースの欲望の形を確かめる。

アッバースが礼央の中で興奮しきっていることを確認すると、焦るような気持ちが少しだけ楽になる。

でも、問題はカーディルだ。

（どうして、熱くならないんだ）

カーディルは、いまだ眉間の皺を深くしていた。

ここまできて、快楽よりもまだ気になることがあるとでも言うのだろうか。

（口じゃ、駄目か？）

太くなっている先端部分を甘嚙《あまが》みしながら、礼央は考える。

口や舌ではカーディルを満足させられないなら、礼央に使えるところは後ひとつしかない。

（二人一度、か。……きついな。でも、やれないことはない）

つれないペニスをひときわ強く吸ってから、礼央は口を離す。そして、もう一度先端に口唇を押しつけながら、囁いた。

「これ……、いれてください」

微笑みながら、礼央は淫靡にねだる。

「俺の中に……、アッバースと一緒に」

「大胆だなあ」

カーディルより先に、アッバースが反応する。

彼は軽く口笛を吹くと、あらためて礼央を背中から抱きしめた。

「人形みたいに綺麗《きれい》な顔をして、高慢そのものの目をしているくせに。俺のペニス咥えただけじゃ、このいやらしい孔は満足できない？」

「言ったでしょう？　俺は、貪欲なんですよ」

ちゅっちゅっと、音を立てるようなキスを繰り返しながら、礼央は囁く。

「だから、欲しい」

礼央はカーディルから体を離す。

彼のペニスが自ら天を向いたことに満足しながら、アッバースを背もたれにするようにしなだれかかると、自分から足を大きく開けてみせた。

そして、内股に添わせるように掌を当てて、大きく広げるように外に押しやる。

「ん……くっ」

カーディルの目の前にアッバースとの結合部分をさらけだして、礼央は孔の縁に指を滑らせていく。

アッバースのペニスを銜え込んだそこは、みちみちとしており、引き攣れるかのように孔の入り口の形も変形していた。

（入る、か……？）

礼央は後孔の縁を押し、そこを少し広げた。

「あ……っ」

外気が忍びこむ。

ひやっとした感触に、一瞬体が竦んだ。

その瞬間、奥にはまりこんでいるアッバースを、ぐっと締め付けてしまう。

「ああ…ん……っ」

強い快楽が全身を貫いて。礼央は思わずのけぞる。

がくりと崩れかけた体は、アッバースが抱き留めてくれた。

「……すご……い……、こんなに、ぴったりと……」

軽く息を弾ませながら、礼央はぺろりと舌で口唇を舐めた。

「だが……、まだ入る」

アッバースを銜え込んだ孔に、礼央は指を一本入れてみせる。

きつい。

眉根を寄せ、顎を上げるように喘ぎながらも、礼央は緩く指を抜き差ししてみせた。

「カーディル、あなたも……」

「素直に欲しがる子を、焦らすなよ」

アッバースは、小さく声を立てて笑った。

「こんなに大胆に誘ってくれているのに、無視するのは失礼だぞ」

「……本当に、救いがたい悪趣味だな」

吐き捨てるように言いながらも、カーディルは近づいてくる。

礼央は思わず、唾を飲み込んだ。

（ほら、俺を抱け。……おまえのペニスで証明してみせろ、俺の『価値』を）

カーディルの手が、礼央に触れる。

その瞬間、まるで体に電流が走ったかのような衝撃が走った。

（早く来いよ。俺を欲しがれ）

呟きは、呪《まじな》いにも似ていた。

礼央の望みどおり、カーディルはより大きく礼央の足を開かせる。

既にアッパースを頬張っている秘部へと、カーディル自身の欲望を呑み込ませるために。

だが、彼はやはり、快楽に溺れているというよりも、怒った顔をしている。

礼央にとっては、まったく理不尽なことに。

それでもカーディルは、礼央の望みに答えた。

彼は礼央の足を担ぎあげると、そのまま奥へ押し入ってきたのだ。

どことなく乱暴に。

無言の男の、力ずくの行為。

カーディルは、アッバースほど遊び慣れていないということなのだろうか？

でも、セックスには拙《つたな》さがない。

むしろ、奉仕になれた男の傲慢さが、見え隠れしているようにすら感じる。

（さすが、国王陛下）

支配者のセックスとは、こういうものなのだろうか。

「あぁ……っ」

二本目のペニスを咥えこむ衝撃に、礼央は全身を震えさせる。

やはり、きつい。

後孔は大きく開かされて、今にもそこから割けていってしまいそうだった。

でも、耐えられる。

「カーディル……」

ゆっくりと自分に重なってくる男の頬を撫でるように、礼央は頬を差し伸べる。

だが、彼の頬がいまだ冷たい怒りの色に染まっていることに気がついて、愕然《がくぜん》とした。

礼央の中に、猛った欲望を打ち込みながら、カーディルはまだ快楽を拒んでいる。

生理的反応でしかないから、礼央とのセックスにそれ以上の意味などないからと——否定している。

（この……っ）
猛然と、腹が立った。
そして、今まで感じたことのない、もやついた気持ちが礼央の胸の中で広がっていく。
焦りのような、不安のような、憤りのような、混沌とした感情だった。
（なんだ、これ……）
礼央は奥歯を嚙みしめながら、カーディルの首筋に腕を回す。
（なんなんだよ、おまえ……！）
セックスをしているのに、満たされない。
カーディルが、満たしてくれない。
礼央は、足でカーディルの胴体を挟んだ。
「……っ」
無理な体勢だ。
それでも構わず、礼央はカーディルに足を巻き付ける。
「な……っ」
「はや、く……っ」
足に力を入れて、二本のペニスを同時に礼央は締め付けた。

こうなったら、自棄だ。

絶対に、カーディルを興奮させてやる。

「……っ、待って、礼央……。さすがに、きつくないか……？」

「……っ、いい、か……らぁ……」

はあ、と礼央は苦しい息をつく。

高貴な男たちのペニスが、礼央の中で存在を誇示している。

カーディルの欲望だって、ちゃんと熱くなっている。

その味を確かめるように、礼央はぎちぎちに彼らを締め付けた。

「……くっ」

カーディルが、短い息を吐いた。

その瞬間、彼が射精をこらえたのだということを、礼央は理解した。

「……いいですよ、中で出して……」

孔を締めながら、礼央は笑う。

勝ち誇ったように、本当は笑ってやりたい。

怒っているくせに、礼央に興味のないような顔をしているくせに、やはりカーディルは雄でしかない。

礼央に捕食され、快楽を絞りとられるのだ。

「……とんでもないな、おまえ」

カーディルは、熱い息をつく。

しかし、それまでと打ってかわって、カーディルは能動的になる。

ぐいっと腰を押しつけられ、思わず礼央は声にならない悲鳴をあげた。

(さすがに、きつ……っ)

眉を顰めつつも、礼央は二本のペニスを同時に、限界まで受け入れる。

「……あっ、はあ……ん…」

雌の虚は、きついくらいに満たされている。

これ以上ないくらい広がり、ペニスを頬張ったそこは、引き攣れるような痛みすらも快楽に変えつつあった。

アッバースとカーディルも、礼央に合わせて腰を動かしはじめた。

「……ひっ、あ、すご……い…っ」

「さすが、きつい……な。持っていかれそうだ……」

「貪欲だな」

熱い吐息と、大きな鼓動とが交じりあう。

「……っ、あ、ああ……っ！」

二人の男の体に挟まれて、礼央は感極まったかのような高い声で啼いた。

雌として、もっとも充実する瞬間。

男が、いよいよ自分の中で射精をする。

「あ……あふ……ぅ、でて……るぅ……っ」

か細い声を上げながらも、礼央は満たされないものを感じた。

（どうして……？）

目的どおり、男の精液を搾り取った。

でも、なにかが足りない。

男の欲望だけは確かなものだと思っていたのに、礼央の中に今まで知らなかった虚が生まれた。

何も見えない、曖昧模糊《あいまいもこ》の闇《やみ》。


「……っ」

寝返りを打った途端、下半身に鈍痛が走る。

その瞬間、礼央は目を覚ました。

どうやら、気を失っていたようだ。

「……さすがに、無理をしすぎたか……」

無茶な遊びには慣れているつもりだった。

だが、久々に二人の男の欲望に突き刺されるというのは、体の負担が大きかったようだ。

数ヶ月ぶりのセックスだし、もっとマイルドに遊ぶべきだったか。

疲労困憊《こんぱい》なのも、致し方ないだろうか？

（……いや、違う。無茶なセックスをしたせいってわけでもなさそうだ）

礼央は横になったまま、膝を抱え込む。

腰がずきずきと痛むけれど、気にしない。

こうして自分を抱きしめるように丸まっていると、どことなく安心することができるのだ。

（気持ちいい疲れじゃない）

礼央は、ぎりぎりと奥歯を嚙みしめる。

アッバースはいい。

彼は礼央で楽しんで、礼央で興奮していた。

礼央の体を、評価した。

問題は、カーディルのほうだ。

(最後は、力技で俺の勝ちだったが……。あいつ、結局乗り気じゃなかったよな。なんだったんだ、いったい)

セックスはした。

中に出させた。

それなのに、虚《むな》しいのはなぜか。

達成感が、まるでない。

「……そういえば、あのふたりはどこに……」

礼央は、ゆっくりと体を起こす。

部屋には、ひとりっきりだった。

アッバースもカーディルもいない。

しんと静まりかえった気配が、彼らはもう近くにはいないことを雄弁に物語っていた。

「くそっ、やり逃げかよ」

礼央は、小さく舌打ちをする。

豪奢な部屋にひとりでいることで、ますます気持ちが寒々したものになっていく。

だが、俯《うつむ》いた礼央は、サイドテーブルに書き置きが遺されていることに気がついた。

『楽しかったよ。

君は最高だ。

俺たちは長居できないので、先に帰ってしまってごめん。話は通してあるから、ゆっくりと体を休めていってくれ。食事でも風呂でも服でも、望めばなんでも君の要求は叶うよ』

アッバースからの手紙だった。

カーディルからは、一言もない。

「また会おう、とは言わないか」

礼央は舌打ちをする。

相手は、この国の王族。

ぜひ、強い縁を結んでおきたかったが……。

(いや、まだだ。まだ、勝機はある。機会さえ作れば、またアッバースは俺と寝ようとするだろう。今後も、深い付き合いができそうだ)

礼央は、手紙をぐっと握り潰す。

(だが、問題はカーディルだ。覚えてろ)

勝機がないなら、作り出せばいい。

仕事のコネを作りたいというだけじゃない。

どういうわけか、カーディルとはもう一度会わなくてはならないと、そういう気がしていた。

他ならぬ、自分のために。

# 第三章

――王族たちとの邂逅《かいこう》から、数日後。

いまだ気持ちがすっきりしないものの、近々またあのクラブに行くか……と考えていた礼央に、思わぬ情報が転がりこんできた。

シティセントラルにあるホテルのラウンジで、気晴らしに酒を飲んでいたときに、美味しい鴨になりそうな一団と遭遇したのだ。

(観光客じゃないな。……あいつら、資源メジャーの調査員じゃないか?)

英語のイントネーションからして、アメリカ人ではないだろうか。とても観光客には見えない男たちが、顔を寄せ合うように密談している。

このシャルク王国には、めぼしい資源はない。

少なくとも、現在は発見されていないはずだが……。

(なにか、調査する価値がありそうなものでも発見されたのか?)

雲を摑むような話でも、この国で無駄に時間を費やすよりもマシだ。

(さて、どうする？　まずは領事館になにか情報が入ってきていないか探りを入れて……。それから、どうにかあいつらの身元を突き止めなくては)

礼央は、最初の手を考え始める。

(このホテルに部屋をとるか？　誰かひとりくらい、『お近づき』になれば、引っかかってくる奴がいるかもしれない)

この体が役に立つということを、証明してやる。

(……っと、なにを考えてるんだ。俺は)

礼央は苦笑いをする。

ムキになって、冷静さを失えばおしまいだ。

礼央は深呼吸で、雑念を払った。

不意に脳裏に浮かんだ男の顔は、忘れてしまいたかった。


すれ違いざまに微笑んでみせたときの反応で、ターゲットとしてやりやすいかどうかは、すぐに決まる。

体を投げだせば、必要なものは手に入る。

十代の頃から繰り返してきた成功体験が、またひとつ積み上がった。

(ほら見ろ)

望みの成果を上げたときに、礼央は思わずそう呟いていた。

まるで、当てつけるように。

でも、次の瞬間はっと我にかえり、礼央自身が誰よりも困惑した。

我ながら、利用できそうもない男に拘《こだわ》るなんて、馬鹿みたいだ。

なんでこんなに、あの国王陛下が気になってるのか、自分で自分がよくわからなくなってくる。

(しっかし、予備調査段階とはいえ、採掘可能かもしれないシェールの地層が見つかるとはな。天は俺に味方している)

予想どおり、礼央がホテルで見かけた男たちは、オイルメジャーの調査団だった。

王室の判断により彼らが呼び寄せられたのは、この牧歌的で保守的な国の若き王が、産業にてこ入れを考えているということなのだろう。

隣国には油田やガス田があるため、共通する地層を持つシャルク王国も一度国土を徹底調査することに決めた……と、礼央と寝た男は言っていた。

（あの仏頂面、結構野心家なのかもな）

カーディルの顔を思い浮かべつつも、礼央はクラブのドアを睨みつけていた。

そう、カーディルやアッバースと出会った、あのクラブ――。

礼央は再び、舞い戻ってきていた。

（ヤリ逃げ得はさせないぞ）

一度寝たからといって、なにかの権利を主張できるとは思っていない。

だが、一応『お知り合い』なのだ。

その縁を、使わないのは勿体ない。

（うちの会社も、ぜひ一口乗らせてもらおうじゃないか。この国の、資源開発プロジェクトにさ）

上手くいけば、大口の取引になる。

すぐにでも本社に戻れる、大手柄は間違いない。

多少の無茶をしても、チャレンジする意義はある。

礼央は意気揚々と、クラブのドアを再び潜っていた。

カーディルはともかく、アッバースくらいはすぐに捕まらないだろうか。

遊び人ぽかったアッバースに期待はしているものの、彼もそうそううろついていないようだ。

考えてみれば、彼がいくら遊び人でも国の要人。頻繁に、クラブに出入りしているわけではないのかもしれない。

それでも、礼央は諦めるつもりはない。

長期戦覚悟だ。

(一般のフロアで遊んでくれているならともかく、奥の部屋に引き籠もりっぱなしだと、アッバースを引っかけるにも時間がかかりそうだが、仕方がない)

それでも、今のところは他に美味しい話もない。

クラブに通って、アッバースを捕まえるのが、一番の近道な気がしている。

(アッバースがいないならいないで、別の美味しい男も捕まえられるかもしれないしな。……カーディルみたいなのじゃなくて)

なにかにつけてカーディルのことを思いだしては、不機嫌になる趣味はない。だが、ここのところ、ふとしたこと彼のことを連想してしまっている気が、しにでもない。

(本当に、あいつなんで俺を抱いたんだよ)

考えれば考えるほど、理不尽な目に遭ったような気持ちになってくる。

礼央は、頭を小さく振った。

今は、そんなことを考えている場合じゃない。

（カーディルはどうでもいい。役に立ってくれそうなのは、アッパースなんだからさ）

彼を見逃さないように、辺りには十分目を配る。

（それにしても、この国の連中は似たような格好をしているせいで、見分けつきにくいな……）

こんなクラブに来るときでも、旅行客以外は民族衣装を着ているのが多数派だ。

もっとも、お忍びで遊びにきているなら、顔が隠れがちな彼らの服装は、かえって便利なのかもしれない——。

「……あ」

礼央は、スツールから腰を浮かせた。

アッパースと似た背格好の男が、視界の端をよぎっていった気がしたからだ。

おあつらえ向きに、人気のいないフロアの奥のほうへと彼は歩いていく。

礼央は迷いもなく、その男を追った。

アッパースだといいな、という思い込みがあった。

それは認める。

しかし、自分がかなり大きな失敗をしたことに気付いて、礼央は動揺していた。

(なんだ、今の……。白い粉渡してなかったか?)

フロアの片隅の闇から、従業員用通路へ。

人目を避けるような場所を歩いて行く男に声をかける機会を窺っていたら、とんでもない場所に来てしまった。

倉庫のようなところにまで入りこんできた男は、そこで待ち構えていた男と、なにやらやりとりをしている。

そして、白い粉を受け取ったのだ。

(……まずいな)

礼央はそっと後ずさる。

足音を、立てないように。

(アッパースだろうと、そうじゃなかろうと、絶対に今この場にいるのはまずい)

こんなふうに、人目を避けるようにやりとりされる白い粉。

この場所が、享楽の遊び場だということを考えると、その正体は絶対にろくなものじゃない。

（気付かれないうちに、クラブフロアに戻ろう）

回れ右をしようとした礼央は、なにかにぶつかった。

「……っ」

最悪だった。

気がつけば、礼央は周りを見知らぬ男たちに囲まれていた。

「こんなところで、何をしている？」

形式上は尋ねられたが、相手が礼央の答えを待っていないのは明らかだ。

言葉と同時に、礼央は腹部に鈍痛を感じ――。

そのまま、気を失った。


「……あ……っ」

体が、燃えるように熱い。

その熱が、礼央の意識を煽るように浮上させる。

身じろぎした瞬間、しゃらんと金属質な音が鳴り、礼央は眉根を寄せる。

（なんだ、今のは……）

身を起こそうとしても、上手くいかない。

「あう……っ」

体を動かした瞬間に、下半身を強く意識した。

おかしい。

体には、熱が滾《たぎ》っているかのようだった。

不自然に、ペニスが反応をしている。

「起きたか」

知らない男に話しかけられて、礼央ははっとした。

「よく似合ってるじゃないか」

体を上手く起こせない礼央の顎を摘まみあげるように、ひとりの男が顔を覗きこんでくる。

知らない男だ。

だが、身に危険が迫っていることは、ひしひしと伝わってくる。

「な……っ」

礼央は思わず、掠《かす》れた声を漏らす。

火照《ほて》った体は思い通りに動かず、視界もぼんやり掠れている。

それでも、自分の周りにいるのは目の前の男だけではないということだけは、礼央にもわかった。

取り囲まれている。

ごくりと、息を呑む。

十代の頃から、いわゆる盛り場に出入りして、体を売っていた。

危険を察知することはできたはずなのに、平和ぼけしていたらしい。

あるいは、それほどアッパースに気をとられていたのか……。

「どこから入りこんだネズミか知らないし……、聞くつもりもないが」

男は、くくっと笑う。

「ちょっとした、小遣い稼ぎのタネになってもらう」

「……なに……？」

「男とはいえ、上玉だ。高く売れそうだな」

「なに言って……」

「質問する必要はない。おまえの運命は決まっている」

「……っ」

礼央は口唇を噛みしめる。

今のコンディションで、機敏に状況に対応できるとは思えない。

しかし、情報を完全にシャットアウトされてしまうとなると、礼央としてはますます不利な立場になるだけだ。

(こいつも馬鹿じゃないってことか)

礼央は、口の中で舌打ちをする。

(むしろ、馬鹿は俺だ)

自分の迂闊《うかつ》さが、今は腹立たしい。

なにを浮き足だっていたのだろうか。

「オークションも開始するし、身だしなみのチェックくらいはさせてやろうか。――おい、誰かこいつを立たせてやれ」

「了解」

礼央は両脇から、男たちに捕まえられ、引っ立てられる。

「あ……っ」

触れられた瞬間、産毛が逆立つような感覚が礼央を襲った。

おかしい。

感覚が、異常に鋭敏になっている。

そしてその鋭敏さが、すべて快楽へと変換されていく。

(くそ……っ)

礼央は、不自然な内股になってしまった。

ペニスへと、熱い血が流れ落ちていく感覚に、心許ない気持ちになっていた。

不自然な体勢になってしまうのは、そのせいだ。

(勃《た》って……る?)

手の施しようもなく反応しているわけじゃない。だが、下半身の違和感が拭いきれなかった。

羞恥心は、鏡に映し出された己の姿で、いやがおうにも掻き立てられた。

「……っ」

礼央は、小さく息を呑む。

礼央は、半裸だった。

女の、踊り子の格好に似ているが、ぎりぎりまで露出させられた状態だ。

しかも、布地は透けるような素材だった。そして、この地域では珍重される宝石のはめこまれた金細工で飾られている。

(全裸のほうがマシだな)

半端に透けている布は肢体を強調し、余計に羞恥を煽る。

しかも、布の下で己のペニスが形を変えているのが、目に見えてわかってしまった。

鏡に映し出された自分の淫らさに、礼央はさすがに動揺する。

「いい出来上がりだろう？　これなら、高値がつくぞ」

ボス格らしい男が、舌なめずりをしている。

「高値……？」

久々に耳にした単語に、礼央は眉を顰める。

その手の単語を面と向かって口に出されるのは、さすがに久しぶりだ。

「お客さんがお待ちかねだ。出てみりゃわかるさ」

「……」

男は、礼央を震え上がらせて、逃げる気力を失せさせようとしているのかもしれない。

だが、逆効果だ。

（俺は、自分自身に値段をつけて生活してきた。あいにく、俺は自分に高値がつく男だと知っている。

……いや、信じている。例外を除いて、そのはずだ）

カーディルの顔を、思い浮かべる。

彼の怒り顔など、こんなときに思いだしたところで、気分が滅入るだけだというのに。

（俺は、どうかしている）

こんな形で自分と寝た男のことを気にするなんて、礼央にとっても初めてのことだった。

今は、他に考えなくてはいけないことが沢山ある。

（……まず、ここを逃げ出すことが先だろう）

礼央は考えこんだ。

こんな格好をさせられている上に、体のコンディションも狂っている。

しかし、このまま売り買いさせられるよりは、この格好で外に飛び出して恥《はじ》を掻いたほうがマシというものだ。

（そもそも『高値』っていうのは、体を売るということでいいのか？）

体が火照るせいか、お世辞にも思考回路が上手く働いている状態とは言いがたい。

それでも礼央は、必死で状況について考えようとする。

考えるのをやめたら、そこで終わりだ。

（客をとらされるにしても、一度で終わらせてはくれなさそうだな。それに、セックスを売るだけなら、まだマシだ。でも、最悪のパターンだと……）

客とやらの前に出る前に、逃げ出さないとマズいのではないか。

礼央は焦るが、両脇を屈強な男に捕まえられている。

普通のときでも逃げ切れるかわからないのに、今は体が異常に昂っていて、言うことを聞かせられない。

触覚が異常に敏感になっている気がするのに、一方で自分の体がひどく鈍くなっているような感覚もあった。

思うように動いてくれないのだ。

（くそ……っ）

王族の出入りする高級クラブということが、油断につながってしまった気がする。こんな連中が、出入りしているとは。

あまりにも軽率に動きすぎた。

しかし、今更後悔しても仕方がない。

礼央は男たちに引きずられるように、歩きだした。

殺風景な部屋の外に連れ出されたかと思うと、すぐに舞台袖だった。

（俺はいったい、どこにいるんだ？　一般客のいるフロアとは、また別の区画だよな。……地下か？）

気絶していたことが、悔やまれる。

自分がどこにいるのかも、わからない。

（あのクラブの建物の中にいるとも、限らないよな）

怪しげな薬を使われ、服を奪われて……、かなりの時間が経っているのだろう。

たった一人っきりの駐在である礼央が行方不明になったことなど、すぐには発覚しないかもしれない。

外からの助けなんて、期待できない。

（詰んでるな。逃げ出せないと、命も危ういかもしれない）

さすがに、礼央は動揺していた。

それでも、どうにか打開策がないか、周りの様子を見ながら考える。こんな状態でも、視覚や聴覚から得られる情報に、なにかヒントはないか、と。

そんな礼央の前に、にやけた表情をした黒服の男が現れた。

彼は、礼央をじろじろと舐めるように見つめる。

「飛び入り参加にしては、上玉だ」

「そうだろう」

「これは盛り上がるぞ」

礼央は黒服に引き渡されると、そのまま舞台袖から舞台の中央へと出された。

（盛り上がる、か……。まあ、俺だからな。ある意味当然だ）

傲岸不遜《ごうがんふそん》と、言わば言え。

これまで出会った男たちは、礼央を傲慢にさせるだけのものを与えてくれたのだ。

たった一人の、例外を除いて。

……もう、あのカーディルに会うことはないのだろうか。

不意に、弱気が胸を騒がせた。

こんなときまで、彼のことを思い浮かべてしまったのはなぜだろう。

(よほど、あの突き放すような態度が、俺は気に入らなかったんだな)

礼央はぼんやりと、自分自身について分析する。

それが正しいのかはわからない。

ここは充己でも思い出すべきじゃないのかと、自分自身に突っ込みを入れるしかない。

カーディルの苛立ちに、ここまで囚われているとは……。

(怒りは、たしかに強い感情だが。俺も、怒りっぽすぎだろう)

もしかしたら命の危険もあるかもしれないというのに、こんなところで思い出すのが、自分が今一番腹を立てている相手だなんて——。

「それでは、本日の目玉商品です！」

耳障りなほど声を張って、テンションを上げた黒服の男が、ステージの中央に立たされた礼央を観客たちに見せびらかす。

「東洋人の美青年です。飛び入りですが、一目で魅了される一品ですよ」

暗い客席にいるのは、数十人。ステージからだと逆光を浴びてシルエットに見えるが、蛍光色で光る数字の札を持っているのはわかった。

礼央は、視線を一身に浴びる。

（……っ）

男たちの視線には、慣れている。

だから怯みはしないものの、逃げ場のなさを改めて思い知らされた。

これから、いったいどうなるのだろうか。

（どう考えても、オークションだよな。対象は俺……）

人身売買だ。

身の危険が、ひしひしと募っていく。

礼央の体は、別の意味でも追い詰められつつあった。

体に籠もった熱が、いよいよごまかしきれないところまで来はじめている。

（こんなときに、不自然に興奮するなんて、ヘンタイすぎるだろう。薬でも盛られたんだろうな）

礼央は喉を鳴らす。

先ほど鏡で見せつけられた時以上に、きっとペニスは勃起してしまっている。

こんな薄い布をまとわりつかれた状態では、大勢の目の前に己の欲望をさらすことになるだろう。

恥じらっているよりも、命の危険を心配したほうがいい状態だ。それはわかっていても、羞恥でどうにかなりそうだった。

礼央の淫らな姿をさらけだすことも、客を煽るための計算に違いない。

「さて、商品の性能を確かめてみましょうか」

黒服の男の言葉とともに、礼央のように体が透けるような衣服を身にまとった女が現れる。

仮面をつけた彼女が持っているのは、豪奢な扇子だった。

その扇子を折りたたんだ状態で、彼女は礼央の乳首へと押しつけた。そして、熱を帯びたせいか尖り始めていた乳頭を、ぐいっと上へ持ち上げた。

「ひ……っ」

礼央は、思わず息を呑む。

硬いものに乳首を嬲られた瞬間、体に快楽が電流のように走った。

腰が、かくんと動く。

膝から力が抜けたせいだ。

まるで、股間にあるものに、力が吸われてしまったかのように。

「……っ」

「どうですか、この感度。少し触られたくらいでこの反応では、まともな生活は送れませんね。服の上から乳首に触れられただけなのに、前屈みになるような、淫乱ですよ」

黒服は、冷ややかに笑う。

礼央に向けられた、好色な視線がさらに強くなった。

（くそ……っ）

みっともなくも、膝が内側に入りそうになる。

そんなことでは、既に熱を湛えて、じくじくと疼いている性器の変化を、ごまかすことなんてできやしないのだろうけれど。

勃起したペニスは、薄い布地越しにもはっきりわかるほど、形を変えているに違いない。

少し突かれただけでも性的に興奮するような破廉恥な体を、この場の客たちは求めているのだ。

まざまざと、見せつけられる。

礼央に待っているのは、性奴隷としての扱い。

しかも、こんなふうに買い入れられるなら、きっとろくでもない末路を辿るに決まっている。

(冗談じゃない……っ)

悔しさのあまり、礼央は歯ぎしりをする。

いくら、体を売ってのし上がってきたとはいえ、それは自由になるためだ。

己の思うまま、生きていくためだった。

奴隷になるためじゃない。

「さて、次は他の場所を──」

このまま、大勢の前で、延々と体を嬲《なぶ》り続けられるのだろうか。

人身売買されるという瀬戸際で、羞恥を与えられることくらいは些末《さまつ》なことかもしれない。

でも、感情的に耐えがたかった。

必要とあれば、どんな男にも抱かれた。

だが、みんな礼央の価値に相応の敬意は払ってくれていた。こんなふうに、嬲りものにされるようなことはなかったのだ。

自分がラッキーな人間だったという自覚はある。

夜の世界を飛び回っていても、危険な目に遭ったことはない。

この容姿を生かして、手っ取り早い方法で金を稼ぐことができた。

だが、持って生まれた幸運さに、限界がきてしまったのだろうか。

「……ミリオン」

低い声が、場内に響く。

黒服の男は、にっと笑った。

「おやおや、これから素敵なショーのはじまりだったというのに、せっかちなお客様がいらっしゃるものですね」

(ミリオン……、百万ドルということか。一億円？)

礼央は、はっとした。

さっそく、値がつけられてしまった？

(どこのどいつだ、そんな酔狂な……)

目の前に広がる闇を見据えるように、礼央は目をこらす。

もちろん、そうそう視界はよくなるものでもなくて、自分に百万ドルをつけた男が誰なのか、すぐにわかるわけもなかったのだが——。

「オークションを続けろ」

凜とした声が、闇から響く。

あたりの、好色な雰囲気を一掃するような。

「俺以上の値をつける客が他にいないなら、その男を早く俺に渡せ。もっとも、俺は他のどんな客よりも、高値でその男を買い取ることができるが」

礼央は、大きく目を見開く。

(この声は、まさか――)

闇の中から、ひとりの男がステージに向かって歩いてくる。

こんな場所にいるのにはふさわしくない、高貴な雰囲気を身にまとわせながら。

「もっとも、このようなオークションは、二度と開かせたりしない。

……この俺の国で」

「……！」

言葉もない。

その男と礼央の視線があったその瞬間、まるで鬨《とき》の声のような雄叫《おたけ》びが上がった。

「軍警だ。全員動くな。その場に伏せろ！」

怒声とともに、なだれこんでくる足音。

そして、銃声――。

ぱっと、場内の明かりがつく。

絢爛《けんらん》豪華な衣装を身にまとった観客たちから、悲鳴が上がった。

礼央も、思わず息を呑んだ。

(軍警？　どうして……！)

場内に激震が走る。

礼央を捕らえていた男たちも、一目散に逃げだした。

「……っ」

支える腕がなくなって、礼央はその場に膝をつく。

助かった……のだろうか？

「馬鹿者、立てるか？」

降ってきた声に、礼央は手をついたまま顔を上げる。

「おまえは幸運な男だ。……そして、とことん俺と縁があるらしいな」

冷徹な視線を向けてきたのは、このシャルク王国の国王。

カーディル、その人であった。

「内偵をしていたんだ。観光客や国の上層部が出入りするクラブで、人身売買が行われているという噂が流れるなんて、我が国の名折れだからな」

カーディルは、忌々しげに舌打ちをする。

「しかも、王族が関わっているという噂があったから、もし事実だということならば、できれば内々に処理をしたかった。それで、俺とアッバースは、あのクラブに出入りしていたんだ。証拠を摑み、現場を押さえて一網打尽にするためにな。

残念ながら、このシャルク王国では王族や部族長、高級官僚や政治家などの特権階級に、罪に相応の罰を与えるのは難しい。だからこそ、現行犯じゃないといけなかった。……まさか、その場におまえがいるとは思わなかったぞ」

オークション会場から救い出されたところまでは、礼央も覚えている。

しかし、その後の記憶は、途切れ途切れだ。

今も、上等なシルクのシーツがかかった天蓋付きのベッドに寝かせられていることはわかるが、ここがどこなのかは、さっぱりわかっていなかった。

天蓋から幕を下ろした状態で、カーディルはベッドの周りを歩きまわりながら、礼央にしきりに話しかけてくる。

まるで、苛立っている熊みたいだ。

礼央はというと、思考回路まで艶熱に侵されてしまったかのようで、頭がはっきりと動かない。

記憶が途切れ途切れなのも、その影響だろう。

カーディルは、この国の情報として重要なものを礼央に明かしている。

本来の礼央なら、こんな質のいい情報源の話、逐一メモをとりながら聞きたいくらいなのに。

(くそ……っ)

自分自身を守るように、礼央は体を丸める。

今の礼央は、普通じゃない。

感覚は、ますます鋭敏になっていた。

少し身じろぎするだけで、肌に擦れるシーツの感触から、快楽を得てしまう。

ペニスはいまだ、反り返って、硬くなっていた。

足の間に挟むようにごまかしても、意味がない。

じんじんと、痺れるような異常な熱を感じていた。

「……っは」

礼央は、短く息を吐き出す。

最悪の状態だった。

セックスのことなんて、考えている場合じゃない。それなのに、快楽の熱で滾《たぎ》っている頭は、男に抱かれることでいっぱいになりかけていた。

布一枚隔てたところにいる男のペニスを、思いっきり貪りたい。

カーディルを。

（くそ……っ）

よりにもよって、どうしてこんなときに傍にいるのがカーディルなんだろう。

どれだけ礼央が自分を投げだしても、彼だけは礼央の思い通りならない。礼央に欲情しない。

自分の価値を認めてくれない男になんて、抱かれたくはないのに……。

（カーディルならいいとか思ってしまったら、最低だからな？）

礼央は奥歯を噛みしめて、自分自身を罵倒した。

「……どうした、礼央？」

分厚い布越しに、カーディルが声をかけてきた。

礼央が黙りこんでいるのを、不審に思ったようだ。

「具合が悪いのか？　そういえば、抱きかかえたときに体が熱を持っていたようだが……。医師を呼ぶか？」

「……いや」

礼央は、小さな声で呻いた。

「いや、いい」

「そうか。だが、少し休んだほうがよさそうだ。話は、その後でゆっくり――」

「待て」

声が離れていきかけたことに気づき、思わず礼央は声を上げてしまう。

「……て、待て」

「礼央……？」

天蓋から下ろされた帳《とばり》の中に、カーディルが入ってきた。

彼の顔を見る勇気がないままで、礼央は俯いていた。

「……どうした。やはり、医師を呼ぶか」

声はあくまで冷静だ。

カーディルが、再び遠くに行きそうになる。

その瞬間、礼央自身にも理解できない衝動に、突き動かされてしまう。

「行くなよ……」

震える声で呻きながら、礼央はカーディルの袖を引く。

心細かったわけじゃない――と、思う。

(こいつ、本当に冷静だよな。いや、不感症だ。今の俺を見ても、何も思わないなんて。何もしようと、しないなんて)

屈辱だった。

薬を投与され、裸同然の格好をしている礼央を前にしても、カーディルの理性はぴくりとも乱れない。

男も女も精力的に抱きそうな、雄《おす》の魅力に溢れたカーディルにとって、礼央はまったく魅力的ではないのだ。

そのことが、悔しかった。

(……そうだ、俺はカーディルに自分を認めさせてやりたいだけだ。一人にされるのが、嫌なわけじゃない)

与えられた薬のせいで、感情的にもなっているのだろう。

油断すると、涙さえこぼれそうになる。

「好くしてやるから」

潤んだ眼差しでカーディルを見上げた礼央は、プライドをかなぐり捨てていた。

今、ここでカーディルを行かせたくなかった。

……傍にいてほしかった。

礼央は、男を自分の傍に引き留める方法を、ひとつしか知らない。

「なあ、カーディル」

礼央はぐっとカーディルの腕を引く。そして、抵抗なく近づいてきたカーディルの股間《こかん》に、恥も外聞もなく顔を埋めた。

そこが、少しだけ硬くなっていることに気付くと、嬉しくてたまらなくなる。

薬の影響のせいかもしれないが、我ながらびっくりするほどテンションが高くなった。礼央は躊躇いなく、それにむしゃぶりつこうとした。

「待て、礼央」

カーディルは、礼央の髪を掴むように、礼央を止めた。

そして、わざわざ顔を覗きこんでくる。

「そんなに、俺が欲しいか？」

「……欲しい」

屈辱と、そして欲望に口唇を震わせながら、礼央は呻いた。

欲しい。

どうしたって礼央にはなびかない、この男が欲しくてたまらなかった。

「仕方がないやつだ」

カーディルは、溜息をつく。そして、口の中でなにか呟いたかと思うと、そのまま礼央をベッドへと押し倒した。

(ああ、やっぱり怒ったような顔をしている)

カーディルがのしかかってくる。

彼の顔が近づいてきて、どういうわけか礼央は目を閉じてしまった。

まるで、恥ずかしがるように。

(らしくない)

恥ずかしがっていること自体が、恥ずかしい。

そんな礼央に、まるで余計なことは考えるなと言わんばかりの態度で、カーディルは噛みつくような口づけを与えてくる。

胸が大きく高鳴った。

たかがキス。

それなのに、カーディルが触れた瞬間、礼央は声にもならない歓喜の声を上げてしまった。

荒々しく力強いキスは、まるで礼央を求めてくれているようにも感じられたからだった。


触れられた場所から、全身が熱くなる。

快楽の渦《うず》に、飲まれていく。

「キスだけで、こんなに感じたのか」

「ああ……っ」

勃起しきったペニスを知らしめるように、カーディルは膝《ひざ》でそこを押し上げてくる。

強烈な感触に、礼央は我慢することもできずに、大きな声を上げていた。

好すぎてどうにかなりそうだ。

「……体も、熱すぎるな。やはり、具合が――」

「……っ、ちが、くす……り……っ」

「薬？」

カーディルは大きく目を見開く。

「まあ、非合法の取引をしているくらいだから、薬を扱っていてもおかしくはないか。あいつら……」

カーディルの双眸《そうぼう》に、怒りの火が点《とも》る。

自分の国の重要人物を多数含む階層の人間が、淫らな遊びに耽《ふけ》っていることを、怒っているのだろうか。

「……よけいなこと、いい……から…」

キスで煽られ、息が上がってしまった礼央は、上目遣いにカーディルを睨みつける。

「それより、俺を満足……させ……ろ…っ」

「――いいだろう。国父の立場にある人間として、責任はとる」

カーディルは生真面目な表情で頷くと、礼央の顎を摘まみあげた。

「おまえを、満足させてやる」

「そうこなくっちゃ……」

息が上がっている。

いつもの礼央じゃない。

それでも、できるだけ礼央らしく――挑発的に、笑ってやる。

カーディルは目を細める。

そして今度は、優しく口づけてきた。

「どこに触られたい？　おまえの快楽に奉仕しようじゃないか」

「全部だ……」

胸を軽くさすられるだけで、礼央は軽く喘いでしまう。

乳首は既に硬くなっているから、手のひらを軽く回されると、ころころと乳頭が転がった。

「ひっ、あっ！」

「敏感だな。乳首は好きか？」

「……ああ」

がくがくと顎を上下させながら、礼央は頷く。

乳首は、礼央にとっては性器だ。

赤ん坊に乳を含ませることはない。男に吸わせたり、嚙ませたり、指で摘まれ、思いっきりひねりあげられるために存在する。

男たちはそこを触れれば、礼央を快楽に溺れさせることができる。そして、淫らに振る舞うことで、礼央は男たちに視覚への興奮と、支配欲の充実を与えられた。男たちのための玩具は、目印のように、淫猥な赤い色をしていた。

自分でも、敏感な自覚はあった。

でも、今日はいつも以上だ。

(薬のせいか……)

熱い吐息をつきながら、礼央はカーディルの手の甲を押さえ、胸へのさらなる刺激を望む。

そして、押さえるだけでは足りなくて、彼の手を撫でてしまった。

「なんだ、甘えているのか?」

思いがけない言葉に、つい礼央は顔を赤らめてしまった。

甘えてる?

淫売と言われるより、よほど恥ずかしくなる。

「……薬の影響もあるのだろう。たっぷり、俺を味わえ」

「あ……っ」

背をしならせると、さらけだした首筋に、カーディルは口唇を落としてくる。

最初の噛みつくようなキスとは違い、随分と優しいキスだった。

そして、礼央の体のあちらこちらにキスをしながら、カーディルは礼央の胸を撫で、乳首の先端を指で摘まみあげると、柔らかく揉みはじめた。

「…は……ぅ……っ」

乳首だけではなく、もう片方の手は、礼央の股間に伸ばされてくる。

薄い布地の下のペニスは、くすぐられるだけで歓喜してしまう。

早く直に触れてほしくて、礼央は腰を揺らしてしまった。

「……くっ、は……！」

ペニスの先端から、一際濃い透明の雫が溢れる。

そこはもう、べたべたになっているだろう。

確かめるようにカーディルの指で探られるが、礼央には抗う気力もなかった。

ただ、されるがまま。

カーディルという男の与える快楽で、薬で強引に煽られた体はどろどろに溶けていってしまう。

カーディルがあまりにも優しく触れるから、彼がそもそも礼央に興味を示していなかったことを、忘れそうだ。

彼の与える快楽に、礼央は素直に酔いしれる。

「……と、もっと……っ！」

ねだるような声は、自然に溢れる。

まるで求愛のダンスのように体をくねらせながら、礼央はカーディルを誘いこもうとする。

「欲しがりだな、礼央は」

「ああ……っ！」

カーディルは礼央の胸元にまで滑り落ちると、乳首を口唇に含んだ。

そして、しとどに濡れ、勃起したペニスを手のひらで強く摑む。

「……んっ、あ……。あう……っ」

礼央の全身を、快楽が包みこんだ。

「……い、いい……っ、もっと、もっと触ってくれ……っ」

乳首もペニスも、どちらも好すぎる。

礼央は髪を振り乱すように喘ぎながら、与えられる快楽を享受する。

「素直だ」

「……だって…、こんないいこと、がまんできなぁ……い…っ」

カーディルの声はからかうようなものでもなくて、まるで甘い睦言みたいに響いた。だから、礼央も素直に、淫らな啼き声を上げられる。

嘘みたいだ。

最初のセックスで、あんなに礼央に無関心だったのに。

書き置きも、アッパースに書かせたくせに。

（俺のことを、実は気に入っていたのか？）

カーディルが礼央の体に価値を見いだしたと素直に認めるなら、礼央も全力で相手をしてやってもいい。

……決して、カーディルのことがもっと欲しいと思っているわけではなく、あくまで評価への返礼として。

自由の利かない体を慎重に動かし、左右に足を広げると、礼央は膝を立てた。

そして、そっとカーディルの二の腕をさする。

「なあ、他のところも触ってくれよ……」

「どうした？」

「もっと……、いいところ……」

礼央は、ぺろりと口唇を舐める。

「……中、触れよ……。すぐに、おまえもよくしてやる……」

「大胆なお誘いだ」

「……はやく……」

期待のあまり、ごくりと喉が鳴る。

乳首もいい。

ペニスを擦られれば、感じる。

でも、礼央はそれだけでは満たされない。

女でもないのに、孔を意識してしまう。

その空洞を雄の欲望で埋めてもらえないことには、決して礼央は満たされないのだ。

「欲しがりだな」

「わるい…か……？」

「悪くない」

カーディルは目を眇めた。

「そうやって、俺だけを欲しがっていればいいんだ」

カーディルは、礼央の腰を舐める。

「おまえの中を、味わわせてもらう。四つ這いにはなれるか？」

「ん……っ」

礼央はカーディルに支えられながら、シーツの上に這う。

そして、彼へと腰を突き出してみせた。

「ほら……、これでいいか？」

「どうされたい？」

「……早く、イれてくれよ……」

礼央の孔は、男慣れしているとはいえ、決して自ら濡れるわけじゃない。

だから、男に捧げるために、まず下準備が必要だ。

でも今は、それがまどろっこしい。

快楽に飢えるように、後孔の縁が震えている。そこにペニスを擦りつけられ、先走りで濡らしてもらえるなら、そのまま咥えこめてしまいそうだ。

「急かすな。まず、一糸まとわぬ姿を見せてもらうほうが先だ」

不自然な体勢から礼央を抱え起こすと、カーディルはキスをしながら礼央の衣服を奪っていく。

（……こんなこと、するんだ……）

充己は大概礼央には甘かったが、そんな彼でも、ここまで礼央を慈しむように接吻したことはない。

こんなふうに、服を脱がされるのも初めてだ。

「……っ、は……」

全裸になると、己の欲望が剝き出しになる。

反り返ったペニスを今にも擦ってほしいとねだるのを我慢して、礼央はふたたび四つん這いになる。

そして、無防備な後孔をカーディルに委ねた。

「……これで、舐めやすいだろう……？」

「否定はしない」

「あ……っ」

小さく笑ったカーディルは、礼央の尻に手を置いた。

そして、薄い肉付きの小さな尻を左右に押し広げると、奥の孔へと舌を潜りこませてくる。

「あつ……っ」

「おまえの中の方が、よほど熱い」

「そんなところで、しゃべるなよぉ……」

露出させられた粘膜に息がかかると、それだけで腹の底から震え上がってしまう。

熟れた体は、いまやどんな刺激すらも快楽に変えることができるのだ。

「……あ、はぁ……っ、はいって、くる……っ」

左右に広げられた孔は、難なく舌を呑み込んだ。

ペニスを咥えなれた場所だ。

舌なんて、どうということもない。

だが、カーディルに舐めてもらっていると思うと、異常に興奮してしまう。

澄ました顔で、礼央を抱いたくせに！

痛快だ。

恥ずかしくも、浅ましいほど淫らな孔は、カーディルの舌や、流し入れられる唾液の感触を喜んでいた。

女みたいに自ら濡れることができないそこは、ローションよりも他人の体液に濡らされるのが好きだ。

舌の柔らかな熱さが嬉しくて、繊細な襞の隅々にまで塗り込められる唾液の感触に潤いを与えられて、礼央の体は素直に歓喜する。

「……あふ……っ」

孔が開いていく。

男自身の体の一部で、そこが女にされていく快感。

雌の本能などないはずなのに、腰がひくついて仕方がない。

やがて舌よりも、もっと質感のしっかりしたものが、礼央の中に入りこんできた。

カーディルの指だ。

「……はっ」

礼央は呼吸をあわせながら、カーディルの指を奥深くまで導いていく。

皺を伸ばすように抉ってくるそれが、愛おしくてたまらない。

「……んっ、ふぅ、あ……」

もっと。

譫言のように、礼央は繰り返す。

自分の中で、もっとカーディルを感じたい。

彼の欲望を、思い知らせてほしい。

「……りない……」

「どうした、痛むのか」

カーディルが動きを止める。

ただでさえ物足りないのに、動かしてもらえなければ、さらに飢えは酷くなるだけだ。

「ちが……っ、足りない……！」

礼央は、呻き声を上げる。

「ゆびじゃ……や……っ」

「……まだ、慣らしきっていない」

礼央の肌に口唇を落としながら、カーディルは囁く。

そんなふうにキスされるだけで、今の礼央は燃え上がってしまう。

わかっていて触れてくるなら、意地悪なことこの上ない。

「かまわない……、こじあけて来いよ……ぉ」

お上品ぶられるより、がっつかれる方がいい。

礼央へ、獣欲を向けてほしかった。

（もっと、俺に必死になれよ）

薬のせいか、礼央の中での感情のたがは外れていた。

だから、破廉恥にもカーディルへとねだってしまう。

「……て、……ん…ち……ん、入れて……っ！」

「そこまで欲しがられては、答えないわけにはいかないな」

カーディルはそう言うと、礼央の指を引き抜いた。

「これが、いいんだろう？」

「ああ……っ！」

指一本分しか開いていない孔に、カーディルのペニスが擦りつけられる。

礼央の孔が濡れているだけじゃなくて、カーディルも先走りを垂れ流しているせいなのか、びっくりするほどスムーズに、それは擦りつけられた。

ぶつかる感じが、まったくない。

ひくりと、秘部が震える。

太いかり首の先端が、孔の縁に引っかかった。

指なんかとは比べものにならないほどの熱量に、礼央は興奮した。

「……も…っ、じら、すな……！」

「焦らすつもりはない。……俺も、限界だ」

「ひあ……っ！」

礼央の腰をしっかりと押さえこんだかと思うと、カーディルのペニスが礼央の中へと押し入ってきた。

卑猥な願いを叶えられ、礼央は大声で歓喜した。

「……んっ、ひぃっ、あ、いい……っ！」

まるで発情期の獣みたいに、礼央は腰を振る。

ようやく与えられたペニスは、それほど礼央を興奮させた。

四つ這いになって受け入れたカーディルのものは、礼央を十分喜ばせるほどに、既に猛々しくなっていた。

胸を大きな手のひらに包まれ、乳首を指先で摘まみあげられると、鼻にかかったような喘ぎ声が漏れる。

「……っ、いい……！」

礼央は、歓喜を爆発させた。

「…も……っと、もっと、こいよ……！」

「これ以上か？」

「あう……っ」

ずんと衝き上げられ、礼央のペニスの先端から、粗相と間違うくらいの量の先走りが迸った。

「……いい、奥、きてぇ……っ」

「すごいな。一気に、全部呑み込んだ」

カーディルは喉を鳴らす。

「そのくせ、締め付けも強い……。最高の『雌』だ」

「……あぁん……っ」

ぐちゅぐちゅと、濡れた音が淫らに響いている。

カーディルのペニスが、それだけたっぷりと先走りを礼央の中で垂れ流しているからだ。

彼が興奮しているからなのだ。

それが、嬉しくてたまらなかった。

(……と、もっと俺に溺れろよ……)

礼央は、心の中で念じていた。

「……そんなに好きか？」

かすれた声で、カーディルが問いかけてくる。

「……き、好きぃ……」

礼央は、小さく呻いた。

「俺が魅力的っていうことだろう……？」

男に犯されるのが好きだ。

男が、自分に欲情するのが好きだ。

そうすることでしか、礼央は己の価値を実感できない。

生まれてすぐ、親に捨てられた。

親族はいたが、誰も礼央を引き取ったりはしなかった。

『いらない』と言われてきた礼央を、セックスは必要とされる存在へと変えてくれるのだ。

「……もっと、おれ……を、ほしがれ……っ！」

「礼央……」

呻くように命じると、カーディルはどういうわけか、礼央をぎゅっと抱きしめてきた。

欲望を煽りたてられたゆえではない。

礼央には理解できないなにかを、伝えようとでもするかのように。

（……あたたかい）

その瞬間、どういうわけか涙が溢れた。

射精と比べものにならない、心地よい涙だった。

# 第五章

どれほどの間、抱き合っていただろう。
時間の感覚は失せた。
昼も夜もなく……というのが体感だったが、実際のところはわからない。
気がついたとき、礼央は全裸で上質なシーツの上にまどろんでいた。
快楽の余韻をまとった体は気だるい。
だが、不快感はなかった。
「目が覚めた？」
聞き覚えのある声に、礼央は視線を上げる。
心配げな表情で顔を覗きこんできているのは、なぜかアッバースだった。
また、カーディルはいない。
熱烈に、彼に抱かれた余韻は、この体にいまだ残っている。

それなのに、当の本人の姿だけは、どこにもない。

(あいつ、前回もそうだったな)

不機嫌な顔で礼央を抱いた挙げ句に、置き手紙をアッバースに任せて去っていった。

今回は礼央を求めてくれたのに。それどころか、やけに大事に扱ってくれたように感じたのに、やっぱりアッバースに任せていなくなっている。

(鬼畜かよ)

なにも、お姫様扱いを望んでいるわけじゃない。

だが、露骨にヤリ捨てにされたら、やっぱり面白くなかった。

豪奢な寝台に、身綺麗にされて横たえさせられている。

アフターケアは万全だ。

けれども、寒々した気持ちになった。

「どうした、礼央」

「別に……」

「別にっていう顔じゃない」

アッバースは、小さく肩を竦める。

「なんだよ、カーディルじゃなくて不満?」

「……っ」

思わず押し黙ってしまった礼央は、気を取り直して緩く頭を横に振った。

「そんなわけがない。……ただ、彼はなぜあなたにばかり後始末を任せるんだと……」

「あれでも一応国王サマだから、忙しいんだ」

アッバースは、礼央の髪をそっと撫でてきた。

「まあ今回は、やらなくてもいい仕事を抱えこんだわけだが。まったく、素直じゃない奴め……」

「どういうことですか？」

思わせぶりなアッバースの言葉に、礼央は首を傾げた。

「今、カーディルは、人身売買組織に関わった国の上層部へと尋問をはじめている」

「ああ……。そういえば、聞きました。高級クラブなのに、非合法なことに手を染めていたんですね」

快楽の熱に浮かされていたから、記憶は途切れ途切れだ。それでも、カーディルがなにか話していたことは、思い出される。

そういえば、あのときのカーディルは、本当に礼央の異常な状態に気付いていなかったのだろうか。

話をしたところで、右から左へと流れていくだろうということも予測できず、彼は一方的に話を続けていたのだろうか。

それとも、心の余裕がなかったのか。

（本当に、あいつは何を考えているのかわからないな）

礼央にとって、カーディルは未知の生き物になりつつあった。

セックスをして、体の奥の奥までさらけだした相手だというのに。

カーディルは理解が難しい相手だから、こんなに気にかかってしまうのだろうか……。

「ああ、恥ずかしながら。我が国の恥部だ」

アッバースは、溜息をつく。

「この国は牧歌的な楽園といえば聞こえはいいが、単に保守的なだけでね」

「……だからこその楽園でしょう」

「まあ、そうなんだけど。既得権益に群がる連中が好き勝手やりやすい土壌なんだよ」

異母弟と同じように、アッバースもうんざりしている口ぶりだ。アッバースは遊び人だが、社会に対して彼なりの問題意識を持っているらしい。

「社会構造としては、ありがちですね」

「うん。でも、ありがちですませるのを嫌がったのが、カーディルなわけ。我が異母弟ながら、ご苦労なことだ」

「改革を？」

「そう。まずは宮中からね。今回のクラブの件も、爺共《じじい》の弱みを握るためだった」

アッバースの口ぶりからすると、王族の中でも年配者たちに手を焼いているらしい。

(人身売買の件で、口封じでもするつもりだったのだろうか)

カーディルは若い国王だ。

部族制の名残の濃いこの国では、なかなか力を発揮できない事情というのは、礼央もうすうす察することができた。

「それにしても、人身売買オークションにヒヒ爺になってから通う気持ちっていうのはわからないな。セックスっていうのは、過程を含めて楽しむものだ。金で買うなんて、エレガントじゃない」

「あなたの、そういうところは好ましいです」

「ありがとう」

アッバースは、礼央の顎を持ち上げる。

「キスしたい」

「しないんですか?」

礼央は、小さく首を傾げる。

誘うように口唇を綻ばせたが、どういうわけか少しぎこちなくなってしまった。

カーディルと激しいセックスをした後だから、体が休息を欲しがっているのだろうか。イマイチ、アッバースを本気で誘惑する気になれない。

(アッバースなら、俺をいい気持ちにさせてくれるだろうにな。充己さんみたいに)

誘っておいてなんだが、気持ちが萎えてきた。

気持ちよくしてくれると思っている相手に対して、こんな感情を抱くのは初めてだ。

充己を思い出し、里心がついたわけでもないのに。

「カーディルに見つかったら、怒られそうだから」

ふと、アッバースは笑みを漏らした。

彼の異母弟は、国王だ。

でも、彼らの間に明確な上下関係はないように見えた。

(なにを遠慮しているんだろう)

首を傾げた礼央だが、カーディルの仏頂面を思いだして、ふと気がついた。

「ああ……。一応、俺は人身売買事件の件で、今、質問を受けているわけですしね。カーディルに、仕事中だと言われてしまいますか？」

「いや……。まあ、うん。そういうことにしておこうか」

どういうわけか、アッバースは楽しげな表情になる。

礼央の顎を、くすぐるようにアッバースは撫でた。

小さな子供を、愛おしむみたいに。

「猫の子みたいで、君が可愛い」

「ありがとうございます」

褒め言葉は、心の栄養だ。

素直に受け取って、礼を言う。

「それにしても、君を酷い目に遭わせてしまったな。できる限りのお詫びをさせてほしい」

「……あのオークションに出入りしていた人々は、警察に捜査を委ねたりしないんですか？」

「警察じゃなくて、軍警の秘密部隊を使っている。……まあ、親族の恥を表にすると、大事になってしまうだろうからな。こういうの、君みたいに外国から来た人にはアンフェアに感じられるだろうな」

「俺の国でも、悪いということになっていますが、権力者が事件をもみ消している可能性は十分あります」

「悪いということになっているだけ、マシだと思うよ。建前は、なんでも大事だ」

鷹揚な口調が、懐かしく感じられる。

礼央は、ふっと笑ってしまった。

「どうかした？」

「いえ……。アッバースは、やはり俺の知っている人に似ている」

「へえ、どんな奴？」

「いい男ですよ。俺を育ててくれたも同然のパトロンです。いろいろあって、今は縁が切れてしまいましたけれどね」

「パトロンか……。俺、立候補しちゃおうかな」

アッバースは、ひょいっと礼央の顔を覗きこんでくる。

「あなたなら、喜んで」

そう言ったのは、リップサービスなんかではなかった。

アッバースのことは気に入った。

そして、男と親しくなるというと、礼央は体を投げだす以外の方法を知らなかった。

かすかに、抵抗はあるものの——。


「そこで、なにをしている」


呆れたような声が響いて、礼央ははっとした。

視線を動かすと、腕組みをしたカーディルが立っている。

「……いいタイミング」

笑いながら、アッバースは礼央から体を離した。

「礼央に、話を聞いていたんだ」

「この件は俺が仕切ると言っただろう」

「おまえらしくないな、カーディル。冷静じゃないぞ。なにを、前のめりになっている」

アッバースはカーディルを責めているというよりも、面白がっているかのようだ。彼は、にんまりと笑った。

「この手の汚れ仕事に自分が直接関わると面倒だからと、最初は取り調べを俺に押しつける気満々だったのにな。なあ、国王陛下？」

「……」

カーディルは無言で、アッバースを睨み付ける。

「怖い怖い」

アッバースは冷やかすように笑うと、わざとらしく首を竦めてみせた。

「尋問官の交代を希望かな？」

「ああ」

カーディルは頷くと、アッバースから礼央へと視線を移した。

「今回のことは、迷惑をかけた。我が国の恥部が、おまえを苦しめた」

礼央に対して欲望を滴らせていたのが嘘のように、カーディルは冷静すぎるほど冷静な眼差しをしていた。

それに、いらっとする。

礼央はまだ全裸で、申し訳程度にシーツを身にまとっているだけだ。

少しくらい、好色めいた表情を見せたらどうだ。

（……って、俺が盛りすぎなのか）

自分の思考回路に、気恥ずかしくなる。

なにも礼央は、淫乱症《ニンフォマニア》じゃない。二十四時間、セックスのことだけを考えて生きているわけでもないのだ。

カーディルだって、同じことだろう。

それなのに、些細な彼の態度の違いが、気にかかってしまう。

カーディルを前にすると、礼央は調子が狂ってしまうみたいだ。

礼央は小さく頭を振り、感情的な自分を落ちつかせようとした。

「……俺は、どうなるんですか？」

気分を変えるように、口調も丁寧にしてみる。

すると意外なことに、カーディルに溜息をつかれてしまった。

「かしこまる必要はない」

「そうそう、セックスした仲だし」

「アッバース」

横槍を入れてくるアッバースに、カーディルは咳払いしてみせる。

異母弟に横目で睨まれたアッバースは、くつくつと笑っていた。

「はいはい、お邪魔虫は退散しますよ。——礼央も俺じゃ物足りないみたいだから、おまえと話をするほうが嬉しいかもな」

軽やかな足取りで、アッバースは天蓋からおりている幕をめくりあげ、外に出て行ってしまった。

「あいつ……っ」

カーディルは、小さく舌打ちをした。

「……？」

「アッバースの戯《ざ》れ言は無視していい。それより、今回の件についてだが、後ほど軍警の担当者と話をしてほしい」

「被害者として尋問されるっていうことか」

礼央は遠慮なく、丁寧な言葉使いをやめた。

カーディルは、小さく頷く。

「あくまで非公式なものだし、強制はしない」

「尋問くらい、構わない」

「そうか、よろしく頼む。こちらから、迷惑の見舞い金くらいは出させてくれ」

「口止め料？」

「そう受け取ってくれて構わない」

「それなら、他のものがいい」

にやりと、礼央は笑う。

人身売買オークションにかけられて、恐怖を感じた。

それは、認める。

だが、今となっては過ぎたことだ。

それならば、より有益に利用をさせてもらいたい。

「と、言うと？」

カーディルは首をひねった。

「俺は、日本の東和商事という会社に勤めている会社員だ。あいにく、今は名刺の持ち合わせがないが」

礼央は軽く手をあげて、ひらひらと振ってみせる。

「その格好だから、見なくてもわかる」

「……この国、油田があるかもしれないんだろう？」

「誰に聞いた」

カーディルは眉を顰める。

警戒は感じたが、怒る様子はない。

逆に、今までになく身を乗り出し気味になった。

「蛇《じゃ》の道は蛇《へび》ってね」

礼央は肩を竦める。

「うちは総合商社なんだ。一枚嚙ませてくれないか」

「……油田の権利が欲しいのか」

カーディルは、目を眇める。

「そうそう」

ストレートなカーディルの言葉に、礼央は頷いてみせた。

カーディルは、小さく笑う。

「おまえの貞操《ていそう》は、随分高くつくんだな」

「国の恥部を隠蔽《いんぺい》するためなら、そう高くもないんじゃないか？　ただで寄越せとは言わない。正統な取引の相手として、うちの会社を選んでほしいだけなんだから」

「……」

カーディルは考えこんでいるようだ。

油田となれば、国の財産だ。

このような駆け引きに使っていいかどうか、悩んでいるのかもしれない。

「なあ、いいだろう？」

礼央はカーディルににじりよると、彼の腕をとった。

「なんなら、これからも俺はおまえと――」

「離せ」

不愉快そうに眉を顰め、カーディルは礼央の腕を払う。

「……っ」

露骨な拒絶に、礼央はかっと頬を紅潮させた。

ふたたび、プライドに音を立ててヒビが入る。

「……だよ、俺を買ったくせに」

「は……？」

「俺を買ったくせに、って言ったんだ」

「あれは、おまえが嬲られていたから――」

「買ったなら、ご主人様らしい態度をとれよ！」

「……っ」

我ながら、道理に合わないことを言っている。

逆上をしてしまった。

礼央はそのまま、カーディルの胸ぐらを掴むと、彼をベッドに引きずりこむ。

そして、カーディルの不意をつくようにベッドに押し倒すと、そのまま彼の上へとまたがった。

「観念しろよ」

舌なめずりして見下ろすと、カーディルは呆れたように息をつく。

「めちゃくちゃだ」

「さあ、楽しませてやるよ。ご主人様。ありがたく、俺の奉仕を受け取れ」

（そして、俺に溺れろよ）

礼央は思い出す。

薬で快楽の熱に浮かされていた礼央を、激しく抱いてきたカーディルのことを。

カーディルは、あんなふうに触れることもできるのだ。

礼央を求めるのだ。

それならば、もう一度——。

「やめないか」

キスをしようとすると、大きな手のひらに阻まれる。

とことん、嫌な男だ。

礼央は眉間に皺を寄せる。

「そんなことをする必要はない」

「どうして」

礼央がカーディルを睨みつけると、彼は小さく息をついた。

「何をキレてるのか知らないが……。おまえは、商社に勤務していると言ったな？　今までも、こんな仕事のやり方をしてきたのか」

「……」

「呆れた」

心の底からの言葉に、礼央はさっと頬を紅潮させる。

「な……っ」

「おまえは、それでいいのか」

カーディルは、生真面目な表情になる。

「どういうことだ」

「自分を切り売りするような仕事の仕方は、早晩行き詰まるぞ」

「なんだよ、おキレイなこと言って、説教か」

今までにも、礼央が体を投げだすことに説教を食らわしてくる男たちがいた。

モラルがどうの、貞操がどうのと、うるさい連中。

でも、そんな連中にかぎって、礼央に夢中になって溺れたのも、逆説的な事実でもあった。

(おまえだって、俺と二回も寝たくせに)

つまらない説教をすれば、礼央とのセックスをなかったことにできるのか。

自分だけ、綺麗なふりができるというのか……。

ありきたりの説教なんてしてきたら、こっちこそ軽蔑してやる。

「おまえは、おまえ自身という究極のものを賭けて勝負している」

カーディルは体を起こす。

でも、邪険に振り払われることはなく、むしろ大事なものを抱えあげるかのように、カーディルは
礼央を体の上からおろした。

「カーディル……？」

思いがけないことを、言われてしまった。

礼央は戸惑って、カーディルの顔を見つめることしかできなかった。

「リスクの高い賭けだ。そんなことをしなくたって、おまえは十分にやっていけるはずなのに」

「……おまえに、俺のなにがわかるんだよ」

「おまえが案外聡明《そうめい》で、目端の利く性格ということだな。油田の情報なんて、よくかぎつけたものだ」

礼央は、面食らう。

まさか、そんなふうに思われているとは、知らなかった。

(目端の利く性格、か。そんなふうに言われるのは、初めてだ)

誰が今まで、礼央の性格なんて気に掛けただろう。

男たちが欲したのは、この体。

そして、淫蕩。

礼央の性格なんて、誰も気にしていなかったはずだ。

充己とて、礼央が愛人として完璧だから愛してくれたのだろうし。

「勿体ない」

しみじみと、カーディルは呟く。

「えっ」

礼央は、目をぱちぱちと瞬《まばた》きさせてしまった。

さっきから、あまりにも意外な言葉ばかり投げつけられる。

「おまえの体は、究極の切り札だ。切り札は、易々と切るものじゃない」
「……そんなの、俺の勝手だろう」
反論するが、つい声は小さくなってしまう。
礼央は、ただ戸惑っていた。
こんなことを言われるのは、初めてだ。
(俺の、切り札……)
たしかに、礼央の体は切り札だ。
その気になったら、カーディル以外の男は、言うことを聞かせられると思う。
(カーディル相手は攻めあぐねているが……)
カーディルにとって、礼央の体は価値がないのだと思っていた。
でも、もしかしたら、とんでもなく高く買ってくれているのだろうか……?
(わかりにくいんだよ)
わかりにくいから、面倒くさい。
関わらないほうが、多分楽だ。
でも、そうやって切り捨てることもできそうにない。
(……なんだよ、いったい)

調子が崩れる。

魅力的だなんて、言ってやるのも悔しいのだが――。

「勿体ないから、やめろと言っている。それに、俺には色仕掛けは効かない」

「……っ」

「色仕掛けで、油田はやらないからな」

図星を指されて、礼央はカーディルを睨みつける。

だが、カーディルは涼しい顔だ。

「おまえが、俺のやり方で勝負するというのであれば、油田の件は聞いてやらないでもない」

「どういうことだ？」

「俺を納得させるようなプレゼンテーションをしてみろ。そう、まっとうな営業活動だ」

「……はあ？」

拍子抜けだ。

礼央は、ぽかんとしてしまう。

裸の礼央を前にして、まっとうな営業活動をせよとは。

カーディルは礼央の体に高値をつけていると思ったのは、誤解だったのだろうか。

それとも、他人は高く値をつけるだろうという話をしているだけで、あくまで彼個人としては礼央に魅力を感じないんだろうか。

（なんだよ、それ。もっと悪いじゃないか……）

ずきずきと胸が痛んだ。

他の男が高く礼央を買ってくれることは、わかっている。

でも、礼央はカーディルに高く買ってほしいのだ。

（……っと、俺は何を考えている？）

あまりにも、カーディルに「いらない」という態度をとられるせいで、逆に「ほしい」と思っても
らいたいばかりに、思考が暴走しはじめたようだ。

「できないのか」

礼央の混乱をよそに、カーディルは淡々と問いかけてくる。

「……本当に、それがいいのか」

礼央は不満いっぱいの表情で、カーディルに問いかけた。

「それがいい。……おまえとは、そういう関係を築きたい」

やけに真面目な表情で、カーディルは言う。

礼央は、まじまじと彼を見つめ返してしまった。

「俺とのセックス、そんなに好くなかったのか？」

我ながら身も蓋もないが、礼央はとうとう直球で問いかけてしまった。

「……おまえは何を言っている」

カーディルは、虚を突かれたというような表情になる。

首を捻る彼に、いかに失礼なことを言っているのか、礼央もストレートで指摘してやる。

「だって、俺とのセックスより営業のプレゼンテーションがいいっていうことだろう！　紙切れの方が、この俺の体よりも価値があるというのか？」

「おまえな……」

カーディルは、天を仰ぐ。

「だから、すぐに自分の体を賭《か》けるような真似はよせというんだ。……もちろん、俺以外に対しても」

「どうして」

礼央は、真っ直ぐな目で問いかける。

「……」

カーディルは、なぜか黙りこんだ。

わけがわからない。

礼央がじっと見つめると、カーディルはいきなり礼央を抱きしめた。

なんだよその気になったのかと背中に腕を回そうとすると、彼はあっさりと礼央を離してしまう。

「……いいか、礼央。原油の件で取引をしたければ、金輪際セックスを取引の材料に使うな」

思わぬ命令口調で、カーディルは言い出した。

「俺以外に対してもだ」

「だから、どうしておまえに、そんなことを指図されなくちゃいけないんだ？」

礼央は真顔になる。

カーディルは、いったい何を考えているのか。

かなり本気でわけがわからない。

そして、わからないならいいというわけではなく、単純に反発をするのでもなくて、ちゃんと知りたいという気持ちが礼央に芽生えていた。

カーディルの気持ちを。

彼が、礼央になにを望んでいるのかも。

「原油の商談まとめたいなら、理由など聞かずに言うことに従え」

やけに高圧的な態度で、カーディルは言う。

彼も彼で、なにかムキになっているような気がした。

（なんなんだ、いったい。俺がどんな営業活動をしようとも、こいつには関係ないはずなのにな）

礼央は首を捻る。

（それに、俺が体を使って博打して失敗したところで、カーディルは痛くも痒くもないだろうに）

なにを必死に、礼央を止めようとするのだろうか。

カーディルが、礼央に何を言おうとしているのかはわからない。

ただ、彼がやけに熱心なことだけは理解できた。

その熱心さが、礼央の気持ちを動かす。

「……わかった」

礼央は、小さく息をつく。

「俺の体も、いつまで商品価値があるかわからないしな。いいだろう、ここらでひとつ、大きい商談をまとめられるなら、構わない」

体を使った『営業』は、封印だ。

「ようやく聞き分けたか」

カーディルは、小さく笑う。

どういうわけか、やたら優しげな微笑みが、礼央をくすぐったい気持ちにさせた。

# 六章

——新しい、礼央とカーディルの関係が始まった。


「カーディル、新しいプレゼンをしに来たぞ！」

王宮の中庭に乗り込んだ礼央は、書類の束を掲げてみせる。

いまや、礼央は王宮にも顔パスで出入りしていた。

三日に一度は通ってきているのだから、ある意味当然か。

「ああ、待っていた」

中庭の一角、美しいオアシスの傍らで、カーディルは書類仕事をしていたようだ。

カーディルは国王として、かなり勤勉らしい。

礼央がこうして会いにくるときは、たいていい仕事をしている。

そして、最初に会ったときよりもずっと優しい表情で、礼央を出迎えてくれた。

すると、礼央のほうも心持ちが変わってくるもので、前みたいにカーディルに刺々しい感情を抱くことがなくなった。

それどころか、カーディルに会うのが楽しみというところまである。

「今度こそ、ＯＫさせてやる」

今日のプレゼンには、自信がある。

自然環境にも配慮した、油田開発案。それだけではなく、油田周りの産業を、この牧歌的な国に馴染ませながら広げていくこともあわせて、礼央は提案していた。

プレゼンをしろと言われて、早一ヶ月。

何度も提案を没にされているが、礼央は腐らない。

かならずカーディルに認めてもらえるプランを作りあげてみせると、逆にやる気が湧いてきていた。

セックスはしない。

カーディルの体温を、欲望を、感じることもない。

それなのに、どういうわけか、前よりもカーディルのことが身近に感じられた。

カーディルは提案を確認しながら、いくつも礼央に質問をぶつけてくる。

その質問に、礼央はできる限り丁寧に答えて、問題点をクリアにしていく。

内容の精度がどんどん上がっていったのは、カーディルの問いかけのおかげもあった。

（自分でも、かなりいい感じに詰めているとは思うんだよな。本社に了解をとったときにも、上は気に入ってくれたようだし）

熱心にプレゼンシートを眺めているカーディルの横顔を見つめながら、礼央は考える。

スタンドプレーが多い礼央だが、さすがに今回は本社と意思の疎通を図りながら物事を進めていた。

礼央が個人で突っ走るには、案件が大きすぎる。

それに、まだ予備調査段階の油田なので、慎重にことを運びたい。

（アメリカ大陸のレアメタルで失敗したときみたいなことがあったら、うちの会社は今度こそ倒産しそうだしな）

正直なことを言ってしまえば、本社とのやりとりはかったるい。

やはり、なんでも自分ひとりで決められる立場のほうが、楽に決まっていた。

それでも、カーディルを含めて、本社の人間にまで、ちょっとしたことで褒めてもらえるというのは、気分がいいものだった。

チームワーク重視で仕事するのも悪くないなと、ゲンキンにも思ってしまうほどに。

「――よし、これならいいだろう」

礼央の力作を、いつも以上に時間をかけて目を通したカーディルは、やがて小さく頷いた。

「油田の件は予備調査中だが、東和商事に一部の業務を委ねる」

「……！」

今まで感じたことのない達成感が、礼央の体から生まれる。

認められたのだ。

湧き上がる衝動のまま、礼央は頭を下げた。

「……ありがとうございます」

きっちりと一礼をすると、カーディルは微笑んだ。

彼に握手を求められたとき、かつてないほどの喜びが、礼央の胸に溢れた。

体を投げだせばカタがつく問題とは違い、時間がかかった。

それもあってか、喜びもひとしおだ。

(こういう仕事の仕方もいいものだな)

なにか、今まで知らなかった世界が開けたように感じたというと、大げさすぎるだろうか。

体を投げださなくても、礼央は評価される。

遅まきながら、礼央はそのことを知ったのだ。

他ならぬ、カーディルのおかげで。


「礼央、今日も食事をしていくだろう？」

プレゼンシートを受け取ってくれたカーディルは、いつものとおり誘いをかけてくる。

「ああ、もちろん」

礼央はありがたく、夕食を王宮で食べていくことにした。

これまでも、礼央は何度もカーディルとは食事を共にしている。

最初は不思議だったけれど、カーディルと食卓を囲むのは嫌いじゃない。

カーディルの方が年は下だが、国王だけあって、話題も豊富だ。

彼のねだるまま、日本での暮らしについて語るのも、結構楽しい。

誰かと他愛のない話をする楽しさというものもまた、カーディルが礼央に教えてくれたことのひとつだった。

（教えてくれる、か……。そういえば、カーディルの傍にいると、今まで気付かなかったことに、は

っとさせられることが多いな)

礼央は、しみじみと考える。

この年になって、思春期みたいなことを言うのも気恥ずかしい。

だが、視界が広がったように感じるのは本当だ。

「採算がとれる油田だといいが」

礼央をダイニングルームにエスコートしながら、カーディルは言う。

礼央と一緒に食事をするときに、カーディルは小さいが見晴らしのいい部屋を利用することを好んでいた。お気に入りの場所だと言われると、そこに案内されるのは悪い気はしなかった。

「そうだな、お互いのためにも」

「我が国は、保守的なお国柄なこともあって、なんとか閉鎖社会でやってこられた。だが、そろそろ限界を感じている。油田が出ることが、プラスになればいいが――」

カーディルは、難しげな表情になる。

「急激に国内に財が溢れたら、生活水準が一気に上がると同時に、大きな混乱も起こりそうだ」

「でもさ、カーディルは最初からそこまで想定しているじゃないか」

礼央は、ぽんとカーディルの肩を叩く。

こうして話をするようになってから気がついたが、カーディルはかなり慎重な性格のようだ。人身売買の現場に乗り込んでくるような、積極性もあるくせに。

（国王だからな。この肩に、大勢の人の生活もかかってるし……。慎重になるのは、当たり前と言えば当たり前なのか）

礼央はぽんぽんと、繰り返しカーディルの肩を叩いてやる。

「国王であるおまえが、資源が出てくることによる混乱を、最初から想定しているなら、きっと大丈夫だよ。小さな国だから、ほどほどにコントロールできるんじゃないか？」

「礼央は前向きだな」

「弊社とお取引していただけるなら、どれだけでも前向きな提言を致しましょう」

ふざけて丁寧な言葉を使うと、礼央はカーディルに笑いかける。

「ああ、おまえはそれでいい」

カーディルは、ぐしゃりと礼央の頭を撫でた。

「……そういうおまえが、いいんだ」

「なにひとりで悦に入っているんだよ。それと、おまえは俺のこと、年下だと勘違いしていないか。一応、年上なんだが」

髪を乱されて、礼央は眉間に皺を寄せる。

この国王陛下は、たまに礼央の扱いが雑だ。

でも、それも同性同士の親しいつきあい、友情の表現だと思えば、くすぐったいような気持ちにもなる。

礼央がこれまでの人生で、知らなかった人間関係だ。

「年上も年下も関係ない。それに、礼央はへんなところで子供だからな」

「そんなふうに言うのは、おまえだけだ」

「それは、おまえの周りは人を見る目のあるやつがいなかっただけという話だ」

「ひどい言われようだ」

「事実だろう？」

「そんなことないって。年より大人びているとは、ガキの頃散々言われたが」

「いったい、どういう子供だったんだ」

ふと、カーディルは笑みを消す。

彼はどういうわけか、真顔になっていた。

「どうって言われても……。自分のことはよくわからない」

礼央は、小さく首を傾げた。

「俺、施設育ちだから……。どん底貧乏だったのは、ちょっと普通とは違うか。でもまあ、なんとか食っていけたし」

しかし、どうしてか今、屈託なく口にしてきた過去を言葉にできなくなっていた。

今までなら明け透けに、「体を売ってきた」と言っていたかもしれない。

礼央は小さく頷く。

「ああ」

「そうなのか」


(……どうして)

礼央は、自分自身に戸惑いを感じていた。

カーディルの前でなんて、もう隠すものは何もないのに。

「……礼央？」

「なんでもない」

礼央は小さく首を横に振る。

「色々あったけど、まあ、俺はラッキーだよ。助けてくれる人もいたからさ」

「今でも、何かあれば俺に言え」

「どうして」

カーディルは、両手のひらで礼央の顔を挟みこむ。

「もちろん、俺がおまえを助けたいからだ」

「……は？」

礼央は、瞳をぱちりと見開く。

礼央を助けたい？

カーディルが？

いったい、どういうつもりでそんなことを言い出したのだろうか。

「いいな。理解できなくてもいいから、覚えていろ」

カーディルは、こつんと額を寄せてきた。

「……っ」

礼央は、思わず息を呑む。

額に触れた熱の、鮮烈な感触。

キスよりも、ペニスの熱さよりも、ずっと強烈に礼央の体に痕を残した。

（なんだ、これ……）

礼央は、額に手を当てる。

腰が砕ける。

礼央は、その場にずるずると座りこんでしまった。

「どうした、礼央」

「……いいや」

みっともなく、へたりこんだ。そのままの姿勢でカーディルを見上げると、彼は笑いながら手を差し伸べてきた。

「ほら、練習」

「なにが」

「俺はおまえを助けたい。そう言っただろう？」

「……言った」

信じられないくらい素直な気持ちで、礼央はカーディルの手を握る。

自分でも理解できない。

キスもセックスもした。

お互いに、猥雑な享楽の中で巡りあった。

それなのに、たかが手を握っただけで、胸がどきどきしてしまう。

不覚にも、涙がこぼれそうになった。


——その日から、礼央の中でなにかが変わった。

（そろそろ、家を出たほうがいいな）

時計の針を確認して、礼央はジャケットを手にとる。

今日も、カーディルと約束があった。

カーディルのことを考えると、心が浮き浮きしてくる。

最初の頃は、あのしかめっ面にいらいらさせられていたのが、嘘みたいだ。

（……変われば、変わるものだよなあ）

礼央は、しみじみと考える。

今は、カーディルのことを考えるのが、楽しくて仕方ない。

彼に会えるのだと思うだけで、舞い上がるような気持ちになる。

これは、いったいどういう気持ちなのだろうか。

蜜月時代の充己と会うときでも、こんな気持ちになったことはなかった。世界で一番彼に感謝した、パトロンになってくれた夜すらも。

（もしかして、これが初めての友達っていう奴なのか？）

礼央にとっての男とは、セックスする相手か、これからセックスする可能性がある相手かの、ふたつに分けられる。

友達というものは、いなかった。

（でも、二度とするなと言われてるしなあ）

我ながら、律儀にカーディルとの約束は守っていた。

言わなければ、ばれないかもしれない。

でも、カーディルとの約束は守りたい。

礼央の中で、カーディルはいつしかそういう存在になっていたのだ。

カーディルへの気持ちを手のひらで転がしていた礼央は、時計を見て慌てた。このままでは、約束の時間に遅れてしまう。

（もう、出かけないと）

バッグをひっつかんだ礼央は、ふと気がつく。

スマホに、メールが届いていた。

（誰だ？）

仕事用のスマホだが、今の仕事相手はカーディル一人も同然。休日に電話が入るほど、急ぎの用事なんてないのだが――。

なにげなくスマホの表示を見て、礼央は目を瞠《みは》る。

並んでいる電話番号に、覚えがあった。

「……充己さん？」

礼央は困惑ごと、スマホを握りしめた。


カーディルと一緒に昼食をとって、話をしたあと。

礼央は、充己に指定された場所に来ていた。

海辺にある、リゾートホテルのロビー。そこには、休日スタイルの充己が礼央を待っていた。

「充己さん、どうしてここに……」

「いや、会社を辞めただろう？　それで、しばらく南仏でバカンスをしていたんだけれど、そういえばここからだと礼央のところにも近いと思いだしてね」

充己は、さも当然の権利のように礼央の肩を抱く。

彼は長らく、礼央の愛人だった。

そして、正式に別れ話をしたわけでもない。

充己が他の男と遊んでいる間、礼央に連絡をしてこないことは今までもよくあった。

そういうときは礼央からご機嫌伺いのメールをするのが常だったが、今回はまるっと放置していたのだ。だから、終わったのかと思っていた。

でも、間が空いたからといって、自分たちの関係はそうそうに切れるものではなかったのかもしれない。

「礼央、どうした？　会いに来たのは、迷惑だったかな」

「そんなことはありません」

「よかった」

充己は、優しい笑顔になる。

「そういえば、シャルクの国王と上手くやっているんだって？　聞いたよ、油田の件」

「えっ、どうして充己さんがそれを知っているんですか。まだ、表に情報がでているわけでもないのに」

「私はまだ、東和商事の大株主だよ。噂くらいは耳に入る」

充己は、嬉しそうに表情を綻ばせる。

「君はやはりできる子だな。たとえ島流しになったとしても、こんなふうに立ち上がれる。私が見込んだだけある」

礼央は、小さく肩を竦めた。

「でも、今回はセックスの報酬というわけではないんですよ」

礼央の体を仕込んだのは、充己だ。

彼に褒められるとくすぐったいが、一応誤解は訂正しておく。

今回、礼央が仕事をまとめたのは、充己が教えてくれたセックスの好さによるものではなかった。

「……そういうことは言っていないよ」

充己は、苦笑いした。

「そういえば、私たちはあまりちゃんと話をしてこなかったな。私が君を褒めるのは、なにも君のセックスが最高というわけでもない」

充己は優しく、礼央の頭を撫でてくれた。

「君は元より、色仕掛けなんてしなくても、十分仕事ができる子だ。チームワークが苦手で、軋轢《あつれき》を作ることは多かったが――」

充己は、言葉を切る。

どうやって気持ちを伝えればいいのか、迷っているかのような表情をしていた。

「私の存在が、いけなかったのかもしれないね。君が可愛くて、色っぽいから、ついついセックスばかりしてしまったし。なにも君とのセックスだけがよかったわけじゃないと、ちゃんと伝えておけばよかった」

「充己さん……」

礼央は、ゆっくりと瞬きをする。

充己の言葉の意味を、咀嚼《そしゃく》しようとした。

どうやら彼が褒めてくれていることはわかったけれども、全部呑み込むのには時間がかかりそうだ。

「礼央、よかったら話をしないか。部屋をとっている」

「……えっ」

礼央は思わず、小さな声を漏らしてしまう。

ありえないことに、否定の意味をこめて。

(しまった)

自分でも、どうしてそんな反応をしてしまったのか、混乱している。

だが、充己にホテルに誘われたということは、セックスをすることだ。

礼央は今、彼とセックスがしたくない。

あれほど、充己に抱かれることが好きだったのに。

(どうして……)

脳裏には、カーディルの顔がちらついた。

しかめっ面じゃない。優しく笑ってくれる顔だった。

そして、触れあった額のぬくもり——。
「ご、ごめんない」
小さな子供に戻ってしまったかのように、つっかえながらの謝罪が口唇からこぼれる。
「ごめんなさい、充己さん」
謝ることしかできない。
一緒に部屋に行くことはできません、ごめんなさい。
あなたとはセックスできません、ごめんなさい。
そうはっきり言葉にするべきだっただろうに、上手く口が動かない。
自分の気持ちがわからなかった。
たかがセックス。
たかが、体を投げ出すだけのこと——。
それなのに、今は「たかが」とは思えない。
今までの自分を、礼央は根底からひっくり返されたような気がした。
(どうして……っ！)
問いかけたところで、答えは探すまでもない。
カーディルが、やめろと言ったからだ。

カーディルが……。

（カーディルが、なんだっていうんだ。あいつは、俺のなんなんだ？）

礼央は、小さくかぶりを振る。

まるで、だだっ子みたいに。

それは、自分が変わってしまったことに対する恐怖だ。

そして、変化を認めることで、これまでの自分ではない何かになるのが怖い……。

「礼央、そんな顔をしないでくれ」

充己は、そっと礼央を抱きしめてくる。

欲望もなにもない、ただ温もりを伝えてくるだけのハグ。だから、礼央はほっと息をつくことができた。

そんな顔と、充己は言う。

いったいどういう顔をしているのかと、聞き返す勇気が今の礼央にはなかった。

「弱ったな。笑ってくれ。私は、君の笑顔がとても好きなのに」

礼央の背を軽く叩きながら、充己は言う。

「愛しているよ、礼央。父親のように。それを、伝えにきた」

充己は、穏やかに微笑んだ。

「君が、新天地で上手くやっているのなら、それでいい。会いにきてしまったのは、私の勝手な感傷だ。すまない」

「充己さん……」

「君の仕事ぶりが変わったと聞いてね。少し調べさせてもらった」

充己は、礼央の髪を撫でる。

「今は、シャルクの国王と仲良くしているんだろう？」

「そう、ですが……」

「礼央が、誰かと仲良くなれたなら嬉しいよ」

充己はあくまでも優しく、礼央に語りかけてくる。

「仲良くなった他の誰かとは、もうセックスなんてしたくないんだろう？」

「……っ」

礼央は、思わず息を呑む。

自分の中に渦巻く感情を、はっきりと言葉にされてしまった。

裸を見られるより、よほど気恥ずかしい。

恥じらって目を伏せると、充己は小さく笑った。

「本当に、心の底からお祝いをしてあげたい気持ちなんだけどね。……君の初恋の相手には、妬《や》かずいられないなあ」

「はつ、こい……？」

「初恋」

礼央の鸚鵡返しを、さらに充己が繰り返す。

「――っ！」

居たたまれない。

礼央は、顔を真っ赤にしてしまった。

この年になって、初恋もなにもない。

しかも、その気持ちで胸を震えさせるなんて。

泣き出したくなってしまうなんて……。

「私は、君が好きだよ。十年も可愛がってきたんだ、当然じゃないか。セックスしなくても、この気持ちは変わらない」

充己は、礼央の髪を何度も撫でた。

あまりにも優しすぎる、愛人関係の終わりだ。

それと悟った途端、礼央はつい目を潤ませてしまった。

恋ではなかった。

でも、とても甘やかされていた。

そして、きっと愛された。

「これからも……。電話やメールで君のことを知らせてほしい。父親に、近況報告するようなつもりでいいから」

「父親と息子なら、セックスなんてしないでしょう」

涙をごまかすように、礼央は笑ってみせる。

「それに、充己さんは父親というには若すぎる」

「兄でも、父親でも、なんでもいい。私は君に、欲以上に情がある。それだけは、知っておいてほしい」

まるで幼子に嚙んで含むような口調で、充己は囁いた。

「……随分長い間、手元において可愛がっていたが、愛人として以外の言葉をかけられなくて、悪かった」

「どういう意味ですか？」

「セックスする相手としてじゃなくても、君は十分私にとって価値がある存在ということだよ」

「そう、ですか」

礼央はこくりと頷いた。

ようやく、充己の言葉を理解できた気がする。

「ああ。……子供みたいな顔で、首を傾げないでくれ。罪悪感で、胸がきりきりする」

充己は苦笑いする。

「俺は……、あなたには十分よくしてもらいました」

「そう言ってもらえて、嬉しいよ。苦情をもらってしまったからねえ」

ぼやくような充己の言葉に、礼央は瞬きをした。

「苦情？」

礼央はそれほど鈍いつもりはないのだが、一部のことについては途端に察しが悪くなってしまう
――気がしてきた。

「いや、こちらの話」

楽しげに、充己は笑う。

「君のこれからに、幸福がありますように」

これが最後のキスだということは、本能的に理解していた。

まぶたの上に触れてきた口唇の感触には、彼との十年の重みを感じた。

# 第七章

プライベートのスマホに、「日曜日に会わないか」とメールが来ていた。

カーディルからだ。

いつもみたいに返信をしようとして、礼央は手をとめてしまう。

メールの文面が、思い浮かばない。

こそばゆいような恥ずかしいような気持ちで胸がいっぱいで、思考回路が停止してしまう。

充己との、会話のせいだ。

最後の長い抱擁をした後に、礼央はそのまま家に帰ってきた。

そして、スマホを見たらカーディルからのメールが来ていたのだ。

(困る……)

冷静で、いられない。

カーディルのことを考えるだけで、顔から火を吹きそうだ。

このままだと、しばらく彼と顔を合わせるのも難しい。

充己のおかげで、礼央は大人になれた。

そして、この年になっても、ふたたび彼のおかげで今まで知らなかった世界を礼央は知ってしまったのだ。

その感情の名前は、恋。


カーディルと顔を合わせる勇気が出ないという情けない理由で、礼央はメールの返信ができなかった。

そのせいもあって、珍しくメールの返信を放置してしまった。

（メールって、一度返信しそびれると、億劫《おっくう》になっちゃうからよくないな）

会社からの帰宅途中でメールのことを思いだした礼央は、はっとした。

ここのところ、仕事が少し忙しくなっている。

支店にも、現地アシスタントを雇うという話が出てきているくらいだ。

島流し部署だった支店での生活も、油田の件が動きはじめたために、まともな仕事が増えてきている。

また、油田の件だけではなく、地中海の風に揺られたオリーブやレモン、そして薔薇の花の加工物の輸出などのことについても、話が動きはじめていた。

島流しを食らったとはいえ、腐らずにすんでよかった。

そして、仕事のやり方を変えて、よかったのかもしれない。

裸になれば、すんなりまとまっただろう商談も、ないとは言わない。

だが、今の礼央は、カーディル以外の男になんて触れられたくなかった。

だから、結果として、これでよかったのだろう。

(俺の人生、カーディルで変えられている気がするな)

悔しさはある。

でも、今はなによりも、彼のことを考えているだけで楽しい気持ちになれた。

そんな自分が新鮮で、嫌いじゃない。

(それにしても、メール放置なんて、カーディルには悪いことをしてしまった……。返事しないとまずいか)

礼央は立ち止まると、スマホを取り出した。

ところが——。

「礼央」

「えっ」

いきなり、傍に停まっていた車のドアが開き、腕が伸ばされた。そして、強引に中に連れ込まれてしまう。

「な……っ！」

「どうした。愛しい相手からのメールでも、見ていたのか」

「カーディル」

礼央は目を丸くする。

そして、スマホをすぐにしまいこんだ。

「……な、なんでもいいだろ」

愛しい相手などと、当人に言われてしまっては、礼央も動揺を隠せない。

（静まれ、俺の心臓……）

礼央は、口唇を噛みしめた。

「それにしても、自分で車を運転して出てくるなんて、どうかしたのか？」

「……」

運転席から、カーディルはちらりと礼央を一瞥してきた。

まるで、初めて会ったときを思わせるような、不機嫌そうな表情。そんな顔を見せられると、礼央も何を言っていいのかわからなくなってしまった。

「なぜ、メールの返事をしなかった」

「えっ」

「恋人がわざわざこの国に訪ねてきてくれて、浮かれたのか」

「どこから、そんな話が」

恋人ではないが、充己のことを言っているのだろうか？

（リゾートホテルのロビーで、ハグをしたからな……。誤解でもされたか？）

礼央は、小さく息をつく。

「約束は、守っているぞ」

「約束？」

「セックスはしていない」

「……そうか」

どういうわけか、カーディルはほっとしたように呟く。

「だが、あの男に会ったから、俺を避けたのか？　未練があるのか」

「未練って……」

カーディルの詰問口調に、礼央はたじろいでしまう。
「まあ、いい。少し付き合え」
カーディルは小さく息をつくと、無言で車を走らせる。
「カーディル、どこに行くつもりだ」
「ドライブだ。つきあえ」
とりつく島もない断定的な口調で、カーディルは言う。
(なんだよ、いったい)
カーディルとは、たくさん話をした。
お互いのことを、少しずつ理解しあえていると思っていた。
しかし今、カーディルを遠くに感じている。
(……意識してしまったせいか？　出会った頃よりも、緊張するな)
恋という感情に、気付いてしまった。
気付いた以上、無視できない。
でも、その感情をどうやって扱っていいのかが、わからなくなっている。
(こんな状態でカーディルの傍にいたら、奇行に走ってしまいそうだ)
礼央は困惑していた。

頭を冷やすためにも、少し時間が欲しい。

「あのさ、カーディル。悪いけれど、今日は――」

「俺と一緒にいるのは嫌か」

礼央は、軽く瞬きをした。

どういうわけか、カーディルが感情的になっている。

これまでに、見たことがないほどに。

「そんなことは言っていないだろ」

礼央は小さく首を横に振る。

「やはり、あの男とヨリを……」

ぽつりとこぼしたカーディルの呟きを、礼央は聞きとがめた。

「おまえ、本当に何言ってるんだ。今日は、おかしいぞ！」

「……っ」

カーディルが、はっとした表情を浮かべ、礼央のほうをちらりと窺う。

そして、いきなり真顔になる。

「すまん。……調子が狂ってる」

ぼそりと呟いたカーディルの言葉に、礼央は大きく頷いてしまった。

まったく、なにからなにまで、今日のカーディルはらしくない。

(焦っているような、苛立っているような……？)

礼央のせいなのだろうか。

その思いつきは、ちょっとだけ礼央を楽しい気分にさせた。

それはつまり、カーディルが礼央に振り回されているということになる。

「なあ、もしかして俺のせい？」

「……」

「特に何もしていないつもりだが、俺はおまえを無意識に振り回しているのか」

「……楽しそうだな」

「すごく楽しいし、嬉しい」

「ストレートに言うな。この小悪魔」

カーディルは、にがりきった表情になる。

礼央は、声を立てて笑ってしまった。

「年上に言う台詞じゃないな」

「他に妥当な形容詞がない」

「……面白いな、本当に」

小さく肩を竦めて、礼央は付け加える。

「久しぶりに、話ができてよかった」

「……礼央」

カーディルは表情を改める。

「おまえは、俺を避けていたわけじゃないのか」

「違うって」

きっぱり否定した後に、礼央は俯いた。

「……でも、俺も同じだから」

「どういうことだ」

「調子が狂う」

声を絞りだすように、礼央は呟く。

それこそ、いつもの礼央らしくもない。まさに、調子が狂っているからこその、呟きだった。

「……」

信号の待ち時間、カーディルはそっと、傍らから手を伸ばしてきた。

「なるほど、同じだな」

「……ああ」

手を握られる。

それだけで、顔が赤くなる。

俯いたまま、沈黙が流れる。

こそばゆいような気持ちで、礼央は話題を探した。

「そういえば、先日、世話になった人が来てくれたんだが――」

言葉を切り、礼央はちらりとカーディルを見遣る。

気付いたことが、あった。

「そういえば、さっき俺の恋人がどうのと言っていたけれど、もしかして充己さんのことを知っているのか」

「……」

「充己さんも、へんなことを言っていた。クレームがどうのと」

礼央が呟いた途端、カーディルはぴくりと右の眉を上げた。

じっと、礼央はカーディルを見つめる。

「カーディル、おまえはもしかして、充己さんになにか連絡をした？」

「……していない」

不自然な沈黙に、ぴんと来た。

礼央は、スマホを取り出した。

「よし、充己さんに確認をする」

「おい、何を考えている」

「気になるじゃないか」

スマホを取り上げられそうになり、礼央は軽く身を捩った。

まるで子供みたいに、スマホの奪いあいになる。

礼央にしても、カーディルにしても、今日は普通じゃない。

礼央は調子が狂っている自覚があった。

カーディルへの恋心に、気付いてしまったからだ。

それでは、カーディルはどうなのだろう。

スマホをしっかり握りしめたまま、礼央はじっとカーディルを見つめた。

(なあ、どうしておまえは、俺に振り回されてくれるんだ？)

まるで、礼央がカーディルへの気持ちで、浮かれているのと同じように見える。

(同じ、気持ち……？)

いつのまにか、礼央はカーディルを食い入るように見つめていた。

「……どうした？」

「いや……」

礼央にしてもカーディルにしても、常日頃と違い歯切れが悪くなっている。

まるで、お互いがお互いの出方を窺っているかのように。

(困ったな。こんなとき、どうすればいいのか本当にわからない)

礼央は考えだ。

相手が自分に欲望がある素振りをしているのは、簡単にわかった。体を投げ出す素振りを、見せさえすればいい。

セックスが、欲望のあるなしは教えてくれる。

でも、恋はどうしたらいいのだろう。

(たしかに、あれは切り札だった。……他人との関係をどう築けばいいのかよくわからない、俺にとってのとっておき)

多分、礼央はずっと楽をしてきたのだ。

セックスを利用することで、段階を踏まねばならなかったことを、みんな避けてきたのかもしれない。

カーディルとの交渉、本社への根回しなど、新規開拓のときに担当者に気に入られる方法、対人関係のトラブル解決術。

思えば、会社ではずっと充己に庇護されてきた。彼に、セックスを提供してきたからだ。

担当者の返事が色よくなければ、色仕掛けで落とした。セックスは、万能だった。

……恋も、セックスを使えれば、簡単に伝えられただろうか。

しかし、カーディル本人に、もう切り札を使うなと言われている。

こうなると、礼央は己の欲望の伝え方ひとつ、わからなくなっていた。

「……どうした、いきなり困り顔になって」

カーディルが問いかけてくる。

気がつけば、車のエンジン音は停まっていた。

いつのまにか、ふたりは運河の縁まで出てきていたようだ。

この国の運河沿いの堤防は、どこも小さな緑地になっている。美しい場所だった。

「実際に、困っているからだ」

礼央は、ぽつりと呟いた。

「なぜ?」

「どう言えばいいのかもわからないから、困っているんだよ」

「言葉にならないなら、態度でもいい」

「駄目だ」

きっぱりと言うと、カーディルは不思議そうに首を傾げてくる。

「どうして？」

「駄目だと言ったのは、おまえだから」

「何を」

「セックス」

観念したかのように、礼央は言う。

どういうわけか、すごく恥ずかしくなってきた。

首筋まで熱を感じていると、カーディルの方は虚を突かれたような表情になる。

「……は？」

「態度で表していいなら、セックスしたい」

「どういうことだ」

こんなにもうろたえたカーディルの表情を、初めてみたかもしれない。

緊張が、少しだけほぐれた。

「したいからしたい。……別に、それを利用して、おまえになにかさせたいわけじゃないけれど」

結局のところ、今の気持ちを自分なりに言葉で伝えるとなると、それしか言いようがなかった。

「礼央……」

カーディルは手のひらで顔を覆う。

「俺と、したい？」

「したい」

「セックスを利用するのではなくて、セックスが純粋にしたい？」

「ああ」

「そうか
カーディルは吹っ切れたような表情になる。

「ある意味、礼央らしい告白だな」

「……っ」

告白などと言われると、目が泳ぐ。

誰を誘惑しようとも、取引を持ちかけようとも、こんな気持ちになったことはなかった。

「でも、おまえは俺とはしたくないんだろう？」

「いや、セックスがしたいなら、いい。それを手段として利用してほしくなかっただけだ」

ふっと、カーディルは溜息をついた。

「その件で、元凶らしい男を調べあげて、連絡をとるほどにな」

「連絡って、元凶って」

礼央は、思わずスマホの画面を見つめる。

「……充己さん？」

ようやく、礼央は理解した。

つまり、充己がもらった「クレーム」とやらは、カーディルからのものだったということになる。

それで、充己はわざわざこの国に足を伸ばしたのだろう。

（いきなり連絡もらったら、驚くのも当たり前だよな。なにやってるんだ、カーディルは）

奇行と言ってもいい。

いつも冷静なカーディルらしくもなかった。

「なんで、そんなことしたんだ？」

「だから、おまえのせいで調子が狂っているんだ。俺も」

カーディルは開き直ったような表情で、微笑んだ。

そして、礼央の手をとる。

「愛している、礼央」

カーディルは、真摯《しんし》に礼央を見つめた。

「一目惚れの、独占欲だったんだ。気に入ったから、おまえがアッパースと寝ようとするのが許せなかった。セックスを利用するのが許せなかった。……おまえが、他の男と気軽に寝ようとするのが」

礼央の手を握る指先に、力が籠もった。

「そして、おまえを知れば知るほど、おまえという人間の強さやたくましさ、前向きさに惹かれていった」

カーディルは、恭しく礼央の手の甲にキスをする。

「……おまえが、俺を愛しているというのなら、ただ言えばいい。俺を愛している、と」

「カーディル……」

「体を投げだす必要はないんだ。ちゃんと、言葉で伝わる。おまえは、それだけ魅力的なのだから」

まるで子どもに言ってきかせるように、カーディルは囁く。

そして、礼央のすべてを包みこむように抱き寄せた。

「愛している、礼央」

繰り返す囁きには、情熱が溢れていた。

礼央の心を溶かすのには、十分すぎるほどに……。

「愛している」

その言葉が礼央の口唇からこぼれたのは、ごく自然な流れだった。

まるで、息をつくように。

自分で口にした言葉に、心が震えた。

そして、一度言ったら止まらなくなる。

「愛している、カーディル」

何度も何度も繰りかえしていると、カーディルはいきなり、たくましい両腕で礼央を抱きしめてきた。

きつい抱擁から伝わってくる熱には、欲望が滲んでいる。

でも、それだけじゃない。

礼央がこれまで感じ取ることができなかったもの――『恋慕』も共に伝わってきた。


抱き合って、キスをする。

それだけでも心地よかった。

満たされたような気持ちになった。

だが、まだ足りない。

恋慕と欲望が共にあると、これまで以上に混じり合いたいという気持ちになるということを、礼央は初めて知った。

カーディルの車で王宮へ行き、ふたりはカーディルの寝室にまっすぐ向かった。

ふわふわと、本当に地面を歩いているのかも、怪しくなるような心地だ。これが恋をするということなのかと、すべての感覚が新鮮だった。

カーディルとのセックスは、初めてではない。

だが、恋に落ちてから抱き合うのは初めてで、そのせいか服を脱ぐのすら緊張してしまう。

ベッドルームでは、誰よりもスマートに振る舞う自信がある。

それなのに、どうしたことだろうか。

初体験の時にも感じたことのないほどの緊張で、手足もろくに動かせない。

「脱がしてやる」

カーディルは礼央に口づけると、ほどけなくなったネクタイへと指に触れてくる。

優しく解かれたそれは床に滑り落ちて、開けられたシャツのボタンから覗く首筋に、カーディルは口づけてきた。

「愛している、礼央」

「俺も……」

「一度口にしてしまえば、素直だな」

口唇をついばんだカーディルは、笑っている。

「口に出して悪いことじゃないだろう？」

「……ああ、そうだ。一本とられたな」

髪の毛を撫でながら、カーディルは礼央へと口づけてきた。

「本当に、おまえはへんなところで子供みたいに素直だ。……可愛くて仕方がない」

「カーディル……」

「愛してる、礼央。……俺だけのものになってくれ」

「……わかった」

礼央は、小さく頷いた。

「俺も、もうおまえとしかしたくない」

セックスなんて、手段だと思っていた。

けれども、今は違う。

誰とするかが大事な行為だ。

そして、手段なんかじゃない。

好きだということの確認でもあるし、お互いを分かち合うという大事な目的でもあるのだ。

深くキスしながらベッドにもつれこむ。

カーディルは礼央の衣服を滑り落としていくと、シーツに静かに横たえた。

覆い被さってくるのも、まるで壊れ物でも扱うかのように、慎重だった。

「……俺は、壊れ物じゃないのに」

「わかっている。……おまえは、強くて美しい」

「……ん……っ」

カーディルは、嚙みつくようなキスをくれる。

「……はっ…あ……っ」

何度もキスをかわすと、カーディルは礼央の胸元や下腹に触れてきた。

最初は手で、それから口唇で。

たっぷりとカーディルに濡らされた肌は熱を帯び、どこを触られても気持ちよくてたまらなかった。

「……ああ、いい……っ」

男を煽るためじゃない、ごく自然な歓喜の声が溢れだしてしまう。

「礼央……足を開け」

「……んっ」

大きく足を開くと、カーディルは礼央のペニスに挨拶みたいにキスをした。

そして、後孔へと舌を滑りこませてくる。

「……あっ、カーディル……」

熱い舌が、内側の淫らで柔らかな粘膜を舐めあげてきた。

舌だけではなく、指を使って丹念に、礼央は花開かされていく。

それが、たまらなくいい。

濡れたら、すぐにでもカーディルに入ってきてほしかった。

でも、カーディルは丁寧に丁寧に、礼央の内側の襞の一筋一筋に唾液を乗せるかのように、舌を動かしていく。

「……んな、丁寧にしなくて……いい……」

息も絶え絶えに、礼央は訴える。

たしかに、礼央は男なので、後孔は十分にほぐさないと男の役には立てない。

だが、セックスには慣れている。

必要以上に丹念に、舐めほぐす必要はないのだ。

「……もう、入る……からぁ……っ」

「もっと緩くなったほうが、おまえも素直に気持ちいいだろう？」

礼央の孔に入れた指を抜き差ししながら、時折引き連れる縁を舐めて、カーディルは言う。

「それに、愛する相手の体を丁寧に愛したいというのは、なにか間違っているか？」

「……そんなの……っ」

ぶわっと、涙が溢れてきてしまう。

こんなふうに、快楽を与えられたことはない。

こんなに、大事にされたことは……。

何度も何度も、セックスはしてきた。

自分の体が、男を興奮させる自信もあった。

それなのに、まるで生まれてはじめて、男に抱かれているような気恥ずかしさすら感じた。

「……礼央」

カーディルは顔を上げると、礼央に覆い被さってくる。

そして、恭しく礼央の額にキスをした。

「叶うなら、俺はおまえの生涯唯一の男になりたかった。そうしたら、おまえはもっと早く、愛されるということの意味を知れたはずだ」

カーディルは優しく礼央の髪を撫でる。

「だが、過去は変えられないからな。せめて今から……、全力でおまえを愛してやる」

「カーディル……」

「愛している、礼央」

愛の言葉とともに、カーディルの昂った欲望が礼央の中に入ってくる。

「あぁ……っ」

体の奥まで熱い。

肉襞で、カーディルのペニスを包みこむ。セックスの終着点は、そんな即物的な行為ではなくなった。

身も心もひとつになる。

その感覚を、生まれてはじめて礼央は味わったのだ。

歓喜が、礼央の中で爆発した。

「愛してる、礼央。……愛している……」

「……れも、俺も……」

愛している。

礼央の中から溢れてくる瑞々しい思いは、カーディルに伝わっているのだろうか。

こんな喜びを、今まで知らなかった。

欲望よりも体を熱くするものの存在を、礼央は初めて知ったのだ。

「……あっ、い……い、いい、カーディル……!」

「ああ、おまえも……。すごくいい。愛してる……」

「俺も、愛している」

カーディルのセックスが巧みだからでも、その肉体が強いからでもない。

彼に抱かれているから、こんなにも気持ちがいい。

（……嬉しい……）

本当の意味での快楽を、礼央はじっくりと嚙みしめる。

注がれる愛の言葉に酔いしれながら、礼央は生まれたばかりの赤ん坊のように泣きじゃくった。

おわり

# 恋慕

# 第一章

シャルク王国の油田は、採掘可能で採算ラインに乗せられる——その朗報が届いたのは、礼央《れお》が赴任してから、一年後のことだった。

「よし……！」

仕事のことでガッツポーズまでしたのは、生まれて初めてだ。

（これで、一段落か）

油田の利権については、恋人であるシャルク王国の国王カーディルと、既に話はついている。そして、ふたりでシャルク王国のインフラプロジェクトも立てる関係だ。

恋人というだけではなく、ビジネスのパートナーへ。

それに伴って、仕事も忙しくなっている。

だが、とても充実していた。

礼央がシャルク王国の支店に島流しされたときには、ひとりっきりだった。

それが、今では現地アシスタントを五人ほど雇い入れて、王室関係の仕事のほかに、民間の農作物加工品の輸出も手がけるようになっていた。

（驚くほど、順調だ。……カーディルのおかげだな）

スマホを手にして、もう目をつぶってでも打てる電話番号を打ち込みながら、礼央は恋人のことを考えていた。

若き国王であるカーディルは、忙しい体だ。

仕事で顔を合わせても、なかなかプライベートの時間がとれないでいた。

（次の打ち合わせは、たしか明日か。メールだけ入れておこう）

油田が採算ラインに乗りそうだという嬉《うれ》しい試算結果を、早く彼とわかちあいたい。

油田採掘を前提とした王国のインフラ整備については、まだ青写真ではあるものの、礼央とカーディルのふたりで考えたものだ。

インフラ整備が与える、社会の変化をどうするか。

礼央も会社員だ。

商売につなげなくてはいけないが、礼央はカーディルに対しては、よい面も、悪い面も、包み隠さず話した。

その結果、悪い面が出たら、変えていけばいい。

そして、満足してもらえるまで、話し合う。

そういうやり方で、礼央は仕事をしていた。

カーディルに対してだけではなく、他の顧客へも、基本の姿勢は変わらない。

もしかしたら、効率が悪いかもしれない。

プロジェクトを短期間で、たくさん作り上げる競争をしたら、きっと礼央は負ける。

でも、そのかわり、今の礼央が企画する商材は、取引相手にも満足をしてもらえて、次の仕事にもつなげてもらえるものだと自負している。

みんな、カーディルのおかげだった。

彼に出会えて、本当によかった。

(カーディルと出会えなかったら、俺は今頃どうなっていただろうな)

しみじみと、出会った頃のことを思いだしながら、礼央は考える。

(……現実的な問題として、もしかしたら人身売買に巻き込まれて、どこかの金持ちに買われた生活でもしていたのかな)

礼央は、小さく身震いをした。

礼央とカーディルが出会った高級クラブは、今は経営者も変わり、再開をされている。

どうやって事件をもみ消したのか、カタをつけたのかまでは、礼央はあまり聞いていていない。

ただ、なにかと王族にも改革の邪魔をされてきたカーディルが、この一年で一気に王族内での指導力を高めたという話は、礼央も耳にしていた。

(いいことだ)

東和《とうわ》商事内において、シャルク王国の駐在の地位が、島流しであることには変わりがない。決して、花形のポジションでもない。

それでも、若々しい国王のもと、国の改革の手伝いができるなら、十分やりがいがある。

(出世したいって、あれほど思っていたんだけどなあ。でも、今は出世レースに乗ることよりも、楽しい仕事を選びたい)

礼央の考え方が一年でここまで変わったのは、カーディルに出会えたおかげだった。

「ありがとう、カーディル」

ぽつりと呟くと、礼央は手早くメールを送る。

恋人と、この一年で最大の朗報を、分かち合いたかった。


『礼央、今いいか?』

メールの返事は、どういうわけか電話できた。

珍しい。

カーディルは朝の八時から午後八時までは、規則正しく執務時間に充てている。もちろん、来客も多いので、ずっと書類仕事ばかりをやっているわけでもない。

だが、こんな昼日中にプライベートの連絡をしてくることは、滅多にないことだ。

「……もちろん、国王陛下」

事務所内にいることもあり、礼央はよそ行きの声を作る。

相手は上得意の国王とあれば、使用電話もそこまで問題にはされないだろう。

だが、事務所内にはアシスタントがいるし、礼央の肩書きも今は支店長になっているので、一応格好をつけてみた。

電話の向こうで、カーディルが軽く咳払いをする。

『すまない、嬉しい知らせに、はしゃいだ電話をかけてしまった』

「俺も、あんなメールをしたからおあいこだ」

礼央は、小さく笑った。

『祝杯をあげたいんだ。……明日は、夜まで予定を開けてくれないか』

「明日か。調整してみる。打ち合わせにいって、その後ずっと……ということだろう？」

『ああ』

「了解」

礼央は手短に電話を切り上げてしまう。

つきあいはじめて一年近く経つものの、いまだ礼央とカーディルは蜜月《みつげつ》と呼んでも差し支えのないような時間を過ごしてきた。

……その蜜月に、曖昧《あいまい》な不安がまとわりついているにせよ。

なんにしても、お互いへの気持ちは、恋人になった当初と同じように熱いままだ。電話で話をするだけで、つい頬《ほお》が綻《ほころ》んでしまう。

さすがに、そんな姿を部下に見せるわけにもいかない。

だから、必要以上に生真面目な、むっつりした顔をして電話を切る。

(明日が楽しみだ)

スマホをデスクに置いたタイミングで、アシスタントのひとりに礼央は声をかけられた。

「本社から、お電話が入っていますよ」

「本社から？」

礼央は首をひねる。

つい先ほど確認したら、パソコンのほうにメールがきていた。その件で、なにか確認事項でもあったのだろうか。

「ありがとう、出る」

礼央はアシスタントに礼を言う。

そして、電話に出てみたら、思いがけない言葉を聞かされたのだ。

# 第二章

「礼央、どうかしたのか。気もそぞろだが」

声をかけられて、礼央ははっと顔を上げた。

「カーディル……。俺は、そんなにぼんやりしていたか」

「言わないと、気がつかないほどに」

カーディルは、小さく肩を竦《すく》める。

「先ほどから、フォークが止まってしまっている」

「あ、ああ……。すまない」

礼央は、頭を横に振る。

カーディルとの打ち合わせの後、礼央は王宮で一緒にディナーをとっていた。

油田の件で、今日は祝杯だ。

豪華なご馳走が饗《きょう》されているテーブルは、見た目も華やかだった。

「やっぱり、この国のオリーブオイルは美味《うま》いなと思って……。うちの社でも、毎月取り扱い量が増えているんだ。お客さんに人気で」

「そうは言いながら、さっきからほとんど手をつけていないだろう」

少しでも傍にいたいからと、プライベートの時は礼央の横に並んだ席に座るクセがあるカーディルは、そっと肩を抱いていた。

「悩みごとでもあるのか。浮かない表情で」

「悩みごと、か……」

礼央は、眉間《みけん》に皺《しわ》を寄せる。

(悩みごとといって、いいのか?)

礼央の頭を占めていたのは、昨日本社から来た電話だった。


『油田の件が軌道に乗ったら、本社に戻る辞令が出るだろう。おめでとう』

明るく声を弾ませた上役の言葉が、礼央の頭の中ではぐるぐる回っていた。

(おめでとう……か)

冷静に考えれば、そのとおりなのだろう。

この国の支店に飛ばされたことが、礼央にとっての懲罰人事なのだ。

でも、礼央は油田の件で手柄を立てた。

そうなると、会社としても礼央に対して報奨人事を考えるだろう。

それが、役職のクラスを上げての本社への転勤。

以前なら、諸手を挙げて賛成した。

だが、今は……。

礼央は、ちらりとカーディルの顔を一瞥《いちべつ》する。

(この国と東京じゃ、何百キロ離れているっけ。少なくとも、飛行機だと十時間くらいかかるんだ。

……カーディルと離れて、俺は東京に戻るのか?)

遠距離恋愛になるのだろうか。

さすがに、礼央は心細さを感じた。

もともと、礼央は恋愛にも、セックスを介在しない誰かとの深い関係にも慣れていない。

カーディルに出会う前、一番身近だったのは愛人の渋染充己《しぶそめみつみ》だ。彼との関係は、当然のことながらセックス前提のもので、年上の男の庇護下でぬくぬくしていた礼央にとって、生きていくためには彼さえいれば事足りた。

カーディルとの出会いを通して、礼央の世界は広がった。

だから今は、前よりも会社の人間とコミュニケーションがとれている。

友人はまだできていないが、アシスタントたちとたまに食事をしたり、フラットの隣人と立ち話くらいはできる関係になった。

だがしかし、遠距離恋愛で、これまでみたいにカーディルとの関係を続けられるのだろうか。

はっきり言って、自信はまったくない。

もちろん、礼央がこの国に残りたいといえば、無理矢理転勤をさせられることはないだろう。プロジェクトは長丁場だし、会社としても礼央が担当するのなら、それに反対する理由も特にはないはずだ。

でも、退職まで赴任しつづけるのは無理がある。

だからといって、会社をやめてシャルク王国に残るという決断も、今の礼央はしかねている。

(どうせ、日本には友達も家族もいないけれど、でもこの国に職はない。……さすがに、不安なんだ)

礼央の恋人は国王だから、きっと望めば礼央の生活の面倒くらい見てくれるだろう。

あるいは、こちらで礼央の働き口を紹介してくれるかもしれない。

だが、カーディルとの関係が永遠に続くとは限らないのだ。

(……もちろん、俺は今カーディルのことが好きだし、カーディルだって俺のことが好きだ。それはわかってる。けど……、いつまでも恋人でいられるかはわからないよな)

恋人としての蜜月を、礼央は堪能していた。

でも、心のどこかで不安がある。

カーディルは国王だ。

いずれ、結婚の話も出てくるだろう。

そのとき、礼央はどうなってしまうのだろうか。

蜜月にまとわりつく曖昧《あいまい》な不安が、それだ。

今は愛し合っている。

だが、未来はどうなるかわからない。

たとえば二年前の礼央に、充己と別れて外国で恋人ができると話しても、おそらく絶対に信用しなかっただろう。

かつての礼央は、充己という愛人の下で気ままに振る舞っていた。

愛人と恋人とはもちろん違うが、今ここで仕事をやめ、カーディルに庇護されるような立場になるとすると、どうしても充己との関係と、その終わりが頭をよぎる。

カーディルとも、同じようなことになったりしないだろうか。

(……俺は、多分何か人とずれている。それは、さすがに理解できた。『普通』なら、いくら簡単に物事を運べるからって、セックスを使った取引をしない)

礼央は、小さく息をつく。

(それができてしまう、俺はおかしかったんだ。今は、カーディル以外の人間とセックスなんてしないけれど……。そんな俺が、これからもずっとカーディルとの恋人関係を、続けていくことができるんだろうか。ちょっとしたトラブルで関係が不安定になったときに、『普通』の人みたいに間違わず、やっていけるのか?)

自分は普通じゃない。

普通の人にわかることがわからないから、手探りで恋人関係を続けている。

だが、その関係が、ふと途切れてしまったときに、どうなるのか。

今があまりにも幸せだからか、そんな未確定の将来に対しての不安が脳裏をよぎるのだ。

考えはじめると止まらなくなって、礼央は俯いたまま黙りこんでしまった。

「……礼央」

カーディルは、そっと礼央の頭を抱き寄せて、自分へともたれかからせる。

「また、考えごとしているだろう?」

「わかるか」

「わかるさ」

カーディルは、深く息をつく。

「俺は、礼央を愛しているからな」

「……うん」

「おまえを支えたい。頼ってほしい。どんなときでも悩みがあるなら相談しろと、以前にも言っただろう？」

「そうだな」

相槌を打つ礼央のこめかみに、カーディルはキスをしてきた。

いくらプライベートで、側近も遠ざけているとはいえ、カーディルがこんなふうに食事の場で触れてくるのは珍しかった。

くすぐったいほど甘い、接吻だ。

礼央の中で上手く言葉にできないまま凝り固まってしまっているものを溶かし、そのまま流し出させようとしてくれている気がした。

「……もっと」

思わず、礼央はカーディルにねだる。

「おまえの熱が、もっと欲しい」

「……ああ」

カーディルは、繰り返し繰り返し礼央へとキスを繰り返してくれる。

カーディルは、礼央には甘い恋人だ。

彼は求めるなら、すべてを与えようとしてくれる。

そんな彼だからこそ、「東京に戻ることになるなら、仕事をやめてここに残りたい」などとは言い出しにくいのかもしれない。

(望めば、叶えられてしまう)

カーディルの自分に対する愛情は嬉しくてたまらない。

でも、甘えれば甘えるだけ、甘やかしてもらえるから――幸せすぎて、怖いのだ。

(俺は普通じゃないから、加減もよくわからない。だから怖いんだ。やりすぎて、カーディルの負担になるかもしれないし)

喉《のど》に小石がつかえたかのようだった。

言葉にならないだけじゃなくて、呼吸まで苦しくなってきた気がする。

「礼央」

カーディルは、ちゅっと音を立てるようにキスしてくる。

「今、なにを考えている?」

「うん……」

「上手く言葉が出てこないのか」

「そういう状態だな」

礼央は、素直に頷く。

「考えていることを、そのまま言ってもいいんだぞ」

「それも、今は怖い」

言葉にしたら、叶えられる。そんな幸せが逆に怖いと……、上手く伝わるだろうか。

カーディルを傷つけたり、呆《あき》れられたりするのも怖かった。

相手が、失いたくない恋人だから、言葉を選びたくなる。

この怖さは、普通のことだろうか。

それすらも、礼央にとっては手探りなのだ。

「怖い、か。どうして？」

「カーディルに、迷惑をかけたくない」

「可愛《かわい》いことを言う」

また、キスをされる。

くすぐったさに目をつぶった礼央は、小さく首を横に振った。

「可愛いわけじゃない。……嫌われたくないと思っているから慎重になるんだ」

「俺が、おまえを嫌うはずはない」

「今はよくても、先のことはわからないから……」

礼央は、深く息をついた。

「俺はさ、おまえも知っているように、ちょっと人からずれているだろ。おまえは、そういう俺のおかしさを、口にしたりしないけれど」

正面切って悩みごとを打ち明けるのは躊躇《ためら》われて、まずは口にしやすいところから、礼央は言葉にしてみた。

カーディルは、真摯《しんし》な表情になる。

「礼央は、変わらなくてはいけないときには自ら気付くし、学んでいくと知っているからだ。俺はその手助けをしたいが、無理矢理おまえの目を開かせるような真似をするつもりはない」

「おまえがそういう奴だから、俺はおまえの傍が居心地よく感じられるんだろうな」

ほっと息をついて、礼央はカーディルに寄りかかった。

「おまえは、俺にとって魔法使いみたいな存在なんだ。すごく俺を甘やかして、願いを叶えてくれようとする」

「そうか?」

「そうだよ」

礼央は、小さく笑った。

「だから、あまり甘えてはいけないな、と……」

「礼央……」

「おまえがそれを望んでいても、寄りかかりすぎたら駄目だって思うんだ。俺、上手く加減ができないしさ。もしかしたら、いずれできるようになるかもしれない。でも、そうなるまでの間に、おまえに迷惑をかけるのが嫌だ」

「俺は、甘えてほしい。……礼央が、甘えないようにしようと思っているということならば、余計にな」

カーディルは、睦言の合間にキスを繰り返す。

「そんないじらしいことを言われたら、ますます甘やかしてやりたくなる」

「だから、俺はそれが怖いんだって」

礼央は、眉間に皺を寄せた。

「俺はおまえに寄りかかられても、全部受け止めてやれる」

礼央の不安に耳を傾けてくれていたのにもかかわらず、そこだけはやけに力強い口調で、カーディルは断言してみせた。

「いくらなんでも、未来のことはわからないだろ」

「いや、未来を含めて引き受ける」

自信たっぷりに、カーディルは言う。

「礼央、おまえは俺の愛の深さを見誤るなよ。俺はおまえと恋人になる前から、おまえの身辺を調べあげていた男だ」

「……それ、ストーカー……」

あまりにもカーディルが開きなおっているので、礼央は目を丸くする。

たしかに、カーディルはいつのまにやら、礼央と充己の関係まで調べあげて、充己に連絡をとっていた。

よくよく考えてみれば、カーディルも結構普通じゃない。

「一目惚《ぼ》れをして、人柄に触れたことで、俺はおまえにそこまで執着した。愛の重さを、思い知れ」

「……うん、冷静になった。おまえも、かなり普通じゃないな」

「愛は人を狂わせるものだ」

カーディルは、冗談めかして笑う。

「ただ、これでも一応、俺はおまえのことをまず考えているつもりだ。おまえの気持ちを尊重し、寄り添いたいと願っている」

「それはわかる。カーディルの傍は居心地がいいからな」

「だからといって、俺のやっていることは普通だとは言わないが」

「ああ、そうだ。カーディルも普通じゃなかった」

礼央から、肩の力がすとんと抜ける。

もしかしたら、普通じゃない者同士お似合いだろうか。

「……カーディル『も』？」

「ほら、俺も普通じゃないから」

礼央は苦笑する。

「安心したっていうと、おかしいな」

「まあ、普通とは何かなんて、曖昧な定義だから」

カーディルは、礼央をあやすように髪を撫でてきた。

「だがな、礼央。普通とは何かなんて、今は考えなくていい。おまえが悩んでいるのが、俺との関係についてならば、それは俺とおまえが話し合って、どうすればいいのか考えるべきなんだ。そこに、普通かどうかはまるで関係ない。そうだろう？」

「カーディル……」

カーディルの言葉を聞いていて、得体の知れない焦燥《しょうそう》感や、負い目のようなものが綺麗に消えていく。

「いいな、そういうの」

どこかほっとしたような気持ちで、礼央は微笑《ほほえ》んだ。

「じゃあさ、聞いてくれよ」

未来の、不安のことを——。

# 第三章

カーディルは根気強い聞き手だった。

礼央はとりとめもなく、話をする。

本社に戻るという話が出ていること、この国で生きていく気はあること、でもカーディルの迷惑にはなりたくないし——恋人関係がいつまで続くかわからないからと言ったときには、さすがにカーディルは眉を顰めたが、最後まで黙って話を聞いてくれた。

時々、礼央は言葉に詰まったが、そうすると励ますようにカーディルはキスをくれる。

話し終わるまで、どれほどキスを繰り返したかわからない。

そして、キスを繰り返されるたびに、カーディルが隣にいることや、気持ちに寄り添ってくれたことへの感謝と、彼への愛情は深まっていくのだった。

「……おおむね、理解できたと思う」

カーディルは、息をつく。

「そうか」

「しかし、心外だ。俺をストーカー呼ばわりするなら、俺の執着も理解してほしい」

「いや、でもさ……。カーディルは、立場とか色々あるじゃん」

礼央は、小さく肩を竦める。

「俺は、礼央がいい王様だっていうこと、知っているよ」

「……」

「だからさ、跡継ぎ問題が出てきたときに、我《わ》が儘《まま》を貫き通せないだろうって」

礼央は、カーディルが国のためを思っているのを知っている。

結婚問題について気になっているのは、カーディルの心変わりというよりも、彼がよい国王だからこそ、という部分も大きかった。

「その件については、問題ない。結婚するかしないかなんて、俺が決めることだ」

「でもさ……」

礼央は眉を顰める。

礼央としては、カーディルに無用の葛藤を背負ってほしくないのだ。

自分のせいで彼が悩んだり、立場が悪くなったりするのだと思うと、居たたまれない。

「それに、この国では王位を自分の子に継がせるという規定はないからな」

カーディルは、小さく肩を竦める。

「日本は親から子に位を継ぐらしいが、このあたりの地域では元々兄弟に王位を継がせることが多いんだ。もちろん、いずれ新世代への引き継ぎはあるんだが」

「そうなのか？」

「ああ。兄弟の年齢も離れているしな。俺の場合も、父上はまだ健在だが、国王じゃない。俺の前の国王は、母のいとこだし、父の弟にあたる叔父だ」

「えっ」

意外なことを聞いた。

礼央は首を捻《ひね》る。

家族関係が入り組んでいて、混乱しそうだ。

「有力王族の持ち回りで王位を継いでいると言ったほうが、わかりやすいか？」

カーディルは、にやりと笑った。

「言っただろう？　なにが普通かなんて、定義は曖昧だと。礼央は、『普通』は俺の子に王位を継がせると考えていたみたいだが、俺たちにとって、それは『普通』じゃない」

「……ああ、すごく納得できた」

「それはよかった」

カーディルは、礼央へとこつりと額と当ててくる。

「だから、俺の立場だから結婚が……なんて、おまえが気にすることじゃない」

「ああ、やっぱり一人で悩むのはよくないな」

礼央は、素直な気持ちで頷いた。

自分の気持ちをさらけだし、嫌われるのは怖い。

その気持ちは多分、そうそう消えるものではないだろう。

だが、ひとりで抱えていても何にもならない。そのことは、礼央にもよく理解できた。

カーディルは、ほっとしたように微笑む。

彼もまた、礼央に気持ちが伝わるかどうかは手探りなのだろう。

他人と深い関係になるというのは、こんな手探りの繰り返しなのかもしれない。

「それから、俺の世話になってばかりいるのは、かえって不安になるというのなら……。おまえがこの国に残るというのなら、俺はおまえの定住を恋人としてサポートするが、寵姫《ちょうき》みたいに扱ったりはしないと約束する」

「たしかに、おまえがそのつもりでいてくれるほうが安心する」

「そのかわり、困ったらまず俺に相談して、頼れ。……それから、甘やかすのはやめない」

「強情だな」

「それは、こっちの台詞だ」

礼央とカーディルは顔を見合わせて、どちらともなく笑いあった。

「——そして、これが一番の問題なんだが」

カーディルは、重々しく咳払いをする。

「いつまで恋人でいられるかはわからない……という話だが」

「……ああ」

「たしかに、未来は見えない。でも、俺はおまえを愛している。そして、永遠に愛し抜く覚悟でいる」

カーディルは、じっと礼央を見据えた。

「もしも不安になったら、そのたびに愛を確かめればいい。その繰り返しは、多分永遠になるだろうから」

「……どうやって？」

「言葉でも、態度でも、俺のすべてでも伝えよう。それからもちろん、俺もおまえも大好きな方法で——」

にやりと笑うと、カーディルは礼央を抱きしめた。

「まずは、ベッドに行こうか」

礼央は、小さく吹き出した。

「喜んで」

気持ちが随分軽くなっていた。

礼央は浮かれた気分のまま、カーディルの口唇を奪う。

「じゃあ、セックスしようか」

それはもう、駆け引きでも何かの対価でもない。

ただ、互いの愛情を確認し、貪《むさぼ》るための行為だった。


通いなれたカーディルの寝室。

扉を開くと、カーディルは礼央を横抱きにする。

そして、そのままベッドへと——。

「……礼央、愛している」

礼央をベッドに横たえたカーディルは、熱っぽく囁《ささや》きながら礼央の服を脱がせていく。

礼央もまた、カーディルから衣服を奪っていった。

「いつも思うけど、布でこれだけ体を隠しているのもセクシーだよなあ」

「そうか？」

「ああ。かえって興奮する」

くくっと笑いながら、礼央はカーディルに体をすりつけた。

「なあ、わかるだろう？」

「たしかに、もうそんなになっているのか」

「……っ」

熱を持ちはじめたペニスの感触は、カーディルにも伝わったのだろう。礼央のそこを指先でまさぐると、彼は満足げに微笑んだ。

「熱いな」

「……おまえだって」

礼央のことをからかうカーディルもまた、己の欲望を形にしはじめている。

たくましく、太く、熱いペニス。

礼央は、これが大好きだ。

カーディルの自分に対する情熱を伝えてくれるし、とても気持ちよくしてくれる。

なによりも、カーディルと、愛している男とひとつになる幸福をもたらしてくれる、得がたいペニスだった。

「礼央……、とても気持ちいい。どうか、このまま」

「ああ……」

礼央は喉を鳴らして、促されるままカーディルのペニスをまさぐりはじめた。

そして、カーディルもまた、礼央のペニスを愛撫《あいぶ》する。

「……あっ、は……」

「……熱いな、礼央……」

「……ああ……」

正面から抱き合って、互いのペニスを擦りあっていると、なにかの拍子に肌へと滾《たぎ》った欲望が触れてくる。

ぬめりを帯びたそれは、互いが欲しくて欲しくてたまらない証《あかし》だから、つい表情が綻んでしまった。

でも、ペニスだけじゃ足りない。

（疼《うず》く……）

下腹に、物足りなさを感じていた。

礼央の体は、カーディルと結ばれるために作り替えられた。今では、彼の前でだけ雌《めす》になるこの体を、誇りに思う。

「なあ、カーディル……、そこもイイけど……」

礼央はカーディルに体をすり寄せると、甘えた声でねだった。

「……ん、ああ……。そうか、そうだったな」

カーディルは小さく頷くと、礼央の額にキスをくれた。

礼央の男の部分ではなく、雌になるための孔《あな》へと、カーディルは触れてくる。指で慣らしてもらうのも気持ちがいいが、やはりカーディルの欲望そのものを与えられるのが一番いい。

「……愛している、礼央」

囁く言葉とともに、カーディルは礼央の中に入りこんできた。

「あ……っ、カーディル……もっと…！」

「ああ、好きなだけ食わせてやろう。……そして、俺の愛を思い知れ」

カーディルが、その愛情を思い知らせてくれるなら、礼央もまた彼の愛情を全力で受け止めるだけだ。

混じりあった二人は、強くきつく、結びついた。

もう、何にも二人は引き離せない。

——遠い未来のこと。

礼央は何度も何度もシャルク王国への駐在の延長願いを出し、そして最後には東和商事への辞表を書くことになる。

もちろん、かつても今も、そして未来も恋人であるカーディルとともに、彼の国で生きていくために。

おわり

# あとがき

こんにちは、あさひ木葉《このは》です。

新刊は、ご無沙汰になります。

今回は、3Pから始まる純愛物語をお届けします。お楽しみいただけたでしょうか？

3Pで始まっていますが、今回は三人仲良く結ばれましたというオチではありません。3Pはあくまで、仲人です。せっかく3Pで気持ち良くなっているのに、その中の一人が振られるとかいう悲しい展開は私も苦手なので……。色々とずれた受が、幸せになっていくお話を、楽しんでいただけると嬉しいです。


実は今回のプロット、結構出すのに勇気が必要で……。読んでいただいた方はおわかりと思うのですが、受は体でのし上がっていくタイプなので、もしかしたら読者さんによっては好き嫌いがわかれるのではと思っていました。

しかし、担当さんの「こういうタイプなら大丈夫だと思いますよ」のお言葉に励まされて、こうして形にすることができました。

私の個人的事情がありまして、途中で書けない時期もあり、担当さんには大変なご迷惑をおかけしてしまったので申し訳なく思っていますが、本にすることができてよかったです。幸せです。

担当さん、本当にありがとうございました！

そして、私の事情で色々とご迷惑をおかけしてしまった、東野海《とうのうみ》先生。本当に色っぽくて素敵なイラストをありがとうございます。私は東野先生の描かれるアラブ人男性のセクシーさが本当に好きなので、イラストを引き受けていただけて幸せです。本当に本当にありがとうございました。

読者の皆様。いつも、本を手にとってくださいまして、本当にありがとうございます。今回のお話は、楽しんでいただけたでしょうか？

なかなかお仕事を順調にしていく……という形になれなくて申し訳なく思っていますが、小説を書き続けていきたいので、努力していきます。どうか、これからも応援していただけたら嬉しいです。

これからも、よろしくお願いします。

LYNX ROMANCE

# イラストレーター募集

リンクスロマンスでは、イラストレーターを随時募集いたします。

リンクスロマンスから任意の作品を選び、作品に合わせた
模写ではないオリジナルのイラスト（下記各1点以上）を描いてご応募ください。
モノクロイラストは、新書の挿絵箇所以外でも構いませんので、
好きなシーンを選んで描いてください。

1 表紙用 カラーイラスト

2 モノクロイラスト（人物全身・背景の入ったもの）

3 モノクロイラスト（人物アップ）

4 モノクロイラスト（キス・Hシーン）

## 募集要項

### ＜応募資格＞

年齢・性別・プロ・アマ問いません。

### ＜原稿のサイズおよび形式＞

◆Ａ４またはＢ４サイズの市販の原稿用紙を使用してください。
◆データ原稿の場合は、Photoshop（Ver.5.0 以降）形式でＣＤ－Ｒに保存し、出力見本をつけてご応募ください。

### ＜応募上の注意＞

◆応募イラストの元としたリンクスロマンスのタイトル、あなたの住所、氏名、ペンネーム、年齢、電話番号、メールアドレス、投稿歴、受賞歴を記載した紙を添付してください（書式自由）。
◆作品返却を希望する場合は、応募封筒の表に「返却希望」と明記し、返却希望先の住所・氏名を記入して返送分の切手を貼った返信用封筒を同封してください。

### ＜採用のお知らせ＞

◆採用の場合のみ、６カ月以内に編集部よりご連絡いたします。
◆選考に関するお電話やメールでのお問い合わせはご遠慮ください。

## 宛先

〒151-0051 東京都渋谷区千駄ヶ谷４－９－７
株式会社　幻冬舎コミックス
「リンクスロマンス　イラストレーター募集」係

この本を読んでの
ご意見・ご感想を
お寄せ下さい。

〒151-0051
東京都渋谷区千駄ヶ谷4-9-7
(株)幻冬舎コミックス　リンクス編集部
「あさひ木葉《このは》先生」係／「東野《とうの》 海《うみ》先生」係

リンクス ロマンス

# 奪愛 アイヲウバウ

2017年3月20日　第1刷発行

著者……………あさひ木葉《このは》
発行人…………石原正康
発行元…………株式会社　幻冬舎コミックス
〒151-0051　東京都渋谷区千駄ヶ谷4-9-7
TEL 03-5411-6431（編集）
発売元…………株式会社　幻冬舎
〒151-0051　東京都渋谷区千駄ヶ谷4-9-7
TEL 03-5411-6222（営業）
振替00120-8-767643
印刷・製本所…株式会社　光邦
検印廃止


ISBN978-4-344-83931-1 C0293
Printed in Japan

幻冬舎コミックスホームページ　http://www.gentosha-comics.net